初級英檢模擬試題① 詳解

閱讀能力測驗

第一部份：詞彙和結構

1. (**C**) I want to listen to some music. Please <u>turn</u> on the radio.
    我想聽點音樂。請<u>打開</u>收音機。

> 電器的開啓，用 ***turn on***，而不是 open。
> *cf.* turn off 關掉（電器）
> * ***listen to*** 聽　　　music〔'mjuzɪk〕*n.* 音樂
>   radio〔'redɪˌo〕*n.* 收音機

2. (**C**) She hurried <u>downstairs</u>, ran to the bush and looked under it. 她趕緊<u>下樓</u>，跑到灌木叢那邊，然後往下看。

> 依句意，選 (C) ***downstairs***〔'daʊn'stɛrz〕*adv.* 到樓下 修飾動詞 hurried。
> * hurry〔'hɝɪ〕*v.* 匆忙　　bush〔buʃ〕*n.* 灌木叢

3. (**A**) A：Do you smoke?
    B：No, I've just <u>given it up</u>.
    甲：你抽煙嗎？
    乙：沒有，我才剛<u>戒煙</u>。

> 按照句意爲現在完成式，即「have + p.p.」的動詞時態， 故 (C)(D) 不合。give up（戒除）爲可分動詞片語，故 「戒煙」有三種寫法：
> ⎰ give up *smoking* （名詞可置於介系詞後面）
> ⎱ give *smoking* up （名詞可置於動詞與介系詞中間）
>   give *it* up （代名詞只能置於動詞與介系詞中間）
> * smoke〔smok〕*v.* 抽煙　　just〔dʒʌst〕*adv.* 剛剛

4. (**B**) I haven't finished my homework, and my younger brother hasn't <u>either</u>. 我還沒做完功課，我弟弟也還沒。

否定句的「也」置於句尾，用 *either*。

> …and my younger brother has*n't, either*.
> = …and *neither* has my younger brother.

（主詞與助動詞須倒裝）

* finish〔'fɪnɪʃ〕*v.* 完成

5. (**D**) Father tells me that <u>being</u> on time is important. 爸爸告訴我，準時很重要。

that 引導的名詞子句中，須填入主詞，而動詞須改為動名詞或不定詞，才能做主詞，故選 (D) *being*。

* *on time* 準時 important〔ɪm'pɔrtn̩t〕*adj.* 重要的

6. (**C**) People often <u>read</u> the newspaper for news every day. 人們通常每天都看報紙以了解新聞。

「看」報紙，動詞用 *read*。

* news〔njuz〕*n.* 新聞；消息

7. (**A**) Mary is sixteen. She is <u>too</u> young <u>to</u> drive. 瑪麗現年十六歲。她年紀太小，所以還不能開車。

too…to V. 太…以致於不（表否定）

本句可改為：She is *so* young *that* she ca*n't* drive.

* drive〔draɪv〕*v.* 開車

8. (**B**) I'm not sure <u>whether</u> it will rain tomorrow or not. 我不確定明天是否會下雨。

whether…or not 是否（= *whether* = *if*）

* sure〔ʃʊr〕*adj.* 確定的

9. (**B**) MRT systems, <u>which are called</u> "subways," are built to solve pollution problems. 大眾捷運系統，又<u>名為</u>「地下鐵」，是為了解決污染問題而興建的。

> 空格須填一形容詞子句，且按照句意，「被」稱作地下鐵，須用被動語態，即「be 動詞＋p.p.」的形式。

> * ***MRT*** 大眾捷運系統 (= *Mass Rapid Transit*)
> system〔'sɪstəm〕*n.* 系統　　call〔kɔl〕*v.* 稱為
> subway〔'sʌb͵we〕*n.* 地下鐵　　build〔bɪld〕*v.* 興建
> solve〔salv〕*v.* 解決　　pollution〔pə'luʃən〕*n.* 污染
> problem〔'prabləm〕*n.* 問題

10. (**B**) <u>It's</u> dangerous to ride a motorcycle without a helmet. The helmet can protect your head in accidents.
<u>騎機車不戴安全帽</u>，是件危險的事情。意外發生時，安全帽能保護你的頭部。

> 虛主詞 It，代替不定詞片語 to ride a motorcycle without a helmet，擺在句首。It is 的縮寫是 ***It's***。而 (C) its 是 it 的所有格，用法不合。

> * dangerous〔'dendʒərəs〕*adj.* 危險的
> ride〔raɪd〕*v.* 騎　　without〔wɪð'aut〕*prep.* 沒有
> helmet〔'hɛlmɪt〕*n.* 安全帽
> protect〔prə'tɛk〕*v.* 保護
> accident〔'æksədənt〕*n.* 意外

11. (**A**) Here is a book he likes very much. He has read it many times. 這裡有一本他非常喜歡的書。他已經讀了很多遍了。

> 空格原本須填入關係代名詞 which 或 that，引導形容詞子句，修飾先行詞 book，但如果關係代名詞在子句中做受詞時，則可以省略，故選 (A)。(B) who 修飾人，用法不合。
> * time〔taɪm〕*n.* 次數

12. (**C**) John looks very old. <u>In fact</u>, he is only twenty years old.
約翰看起來年紀很大。<u>事實上</u>，他只有二十歲。

    (A) by the way 順便一提　　(B) so far 到目前為止

    (C) *in fact* 事實上

    (D) right away 馬上

13. (**D**) The <u>dialogue</u> in the cartoon "Pokemon" is quite funny.
「神奇寶貝」這部卡通中的<u>對話</u>相當好笑。

    (A) cancer〔ˈkænsɚ〕 *n.* 癌症

    (B) factory〔ˈfæktrɪ〕 *n.* 工廠

    (C) answer〔ˈænsɚ〕 *n.* 回答

    (D) *dialogue*〔ˈdaɪəˌlɔg〕 *n.* 對話

    * cartoon〔kɑrˈtun〕 *n.* 卡通
Pokemon〔ˈpokəmən〕 *n.* 精靈寶可夢；神奇寶貝【日本卡通「口袋怪獸」，為 pocket monsters 的縮寫】
quite〔kwaɪt〕 *adv.* 相當　　funny〔ˈfʌnɪ〕 *adj.* 好笑的

14. (**B**) We will <u>celebrate</u> her fourteenth birthday by going out to a well-known restaurant.
我們到一家著名的餐廳用餐，<u>慶祝</u>她十四歲的生日。

    (A) review〔rɪˈvju〕 *v.* 複習

    (B) *celebrate*〔ˈsɛləˌbret〕 *v.* 慶祝

    (C) decorate〔ˈdɛkəˌret〕 *v.* 裝飾

    (D) surprise〔səˈpraɪz〕 *v.* 使驚訝

    * *by* + *V-ing* 藉由～（方法）　　*go out* 外出
well-known〔ˈwɛlˈnon〕 *adj.* 著名的
restaurant〔ˈrɛstərənt〕 *n.* 餐廳

15. (**B**) Mary was given a lot of <u>presents</u> when she had her baby.
瑪麗生小孩時，收到許多<u>禮物</u>。

(A) pond〔pɑnd〕*n.* 池塘

(B) ***present***〔'prɛznt〕*n.* 禮物

(C) parents〔'pɛrənts〕*n. pl.* 父母

(D) program〔'progræm〕*n.* 節目

* ***have a baby*** 生小孩

第二部份：段落填空

Questions 16-20

My junior high school days were really happy <u>ones</u> though a
16

little boring sometimes. We had to take many tests every day,

and the thing <u>which</u> we had to do was study, study, and study.
17

But it is <u>strange</u> that I loved those days. <u>Perhaps</u> it was because
18　　　　　　　　　　19

we only had to think about our studies. When I become a senior

high school student, I'll read many, many books <u>I like</u>. I know
20

hard work will make me a great man one day.

我的國中生活，雖然有時候有點無聊，但大部份的時間都過得很快樂。每天我們都有很多考試，除了唸書，還是唸書。不過奇怪的是，我還蠻喜歡那段日子的。也許是因為我們只需要考慮到唸書這件事吧。等我成了高中生後，我要看很多我喜歡的書。我知道努力會使我將來有一天，成為一個大人物。

days〔dez〕*n. pl.*（特定的）時期　　　though〔ðo〕*conj.* 雖然

a little 有一點（ = *a little bit* = *a bit* ）

boring〔'borɪŋ〕*adj.* 無聊的

sometimes〔'sʌm,taɪmz〕*adv.* 有時候　　　***have to*** 必須

take〔tek〕*v.* 參加（考試）　　　test〔tɛst〕*n.* 測驗；考試

> ***think about*** 考慮　　studies〔ˋstʌdɪz〕*n. pl.* 學業
> senior〔ˋsinjɚ〕*adj.* 高級的；年長的
> ***senior high school*** 高中　　***hard work*** 努力
> make〔mek〕*v.* 使成為　　great〔gret〕*adj.* 偉大的
> ***one day***（將來）某天（ = *some day*)

16. (**C**)　***ones*** 代替前面提到的複數可數名詞 days。

17. (**A**)　先行詞 the thing 是「事物」，關係代名詞須用 which 或
　　　　　　　that，引導形容詞子句，並在子句中，做動詞 do 的受詞。

18. (**D**)　依句意，選 (D) ***strange***〔strendʒ〕*adj.* 奇怪的。
　　　　　　　而 (A) happy「快樂的」，(B) fun「有趣的」，皆不合句意。
　　　　　　　(C) interest〔ˋɪntrɪst〕*n.* 興趣，為名詞，則用法不合。

19. (**C**)　(A) When，(B) After，(D) If，均為連接詞，故用法不合，
　　　　　　　選 (C) ***Perhaps***〔pɚˋhæps〕*adv.* 或許。

20. (**D**)　空格應填入一形容詞子句，修飾先行詞 books，like 作「喜
　　　　　　　歡」解時為及物動詞，不須接介系詞，故 (A) (B) 不合。
　　　　　　　(C) 須改為 (that) I'm interested in 或 that interest me，故
　　　　　　　選 (D) ***I like***，原本是 that I like，但關係代名詞 that 為形容
　　　　　　　詞子句中的受詞時，可省略。

Questions 21-25

　　The Internet has changed the world a lot. At first, some
parents did not like it because they thought it was <u>not good</u> for
21
their children. However, since they began to use the Net, they
<u>have learned</u> that some sites are really helpful. The sites even
22

help children to study better. Although the sites <u>which</u> are most
23
interesting to children are <u>the ones</u> with lots of games, parents
24
are not worried anymore. They let their children play some
games now. Today, <u>more and more</u> people find they cannot do
25
without the Net. It will surely become even more popular in the
near future.

網際網路已經大幅度地改變這世界。起初，有些父母認為網路對小孩不好，所以不喜歡網路。然而，自從他們開始使用網路，便知道有些網站真的很有幫助。而這些網站甚至幫助小孩書唸得更好。雖然對小孩子來說，最有趣的網站是有許多遊戲的網站，可是父母已經不再擔心了。現在他們也讓小孩玩些遊戲。現今有越來越多的人發現，他們不能沒有網路。在不久的將來，網路勢必會越來越普遍。

Internet〔'ɪntə,nɛt〕*n.* 網際網路 (= *Net*)
change〔tʃendʒ〕*v.* 改變　　***a lot*** 很多
at first 起初　　however〔hau'ɛvə〕*adv.* 然而
since〔sɪns〕*conj.* 自從　　begin〔bɪ'gɪn〕*v.* 開始
site〔saɪt〕*n.* 網站 (= *website*)
helpful〔'hɛlpfəl〕*adj.* 有幫助的
although〔ɔl'ðo〕*conj.* 雖然
interesting〔'ɪntrɪstɪŋ〕*adj.* 有趣的
lots of 很多的 (= *a lot of*)　　worried〔'wɜɪd〕*adj.* 擔心的
not…anymore 不再　　let〔lɛt〕*v.* 讓
cannot do without 不能沒有　　surely〔'ʃurlɪ〕*adv.* 必定地
even〔'ivən〕*adv.* 更加 (加強比較級的語氣)
popular〔'pɑpjələ〕*adj.* 普遍的；受歡迎的
in the near future 在不久的將來

21. (**A**) 依句意，有些父母不喜歡網路，是因他們認爲網路對小孩而言，是「不好的」，故選 (A) *not good*。

22. (**C**) since 引導的副詞子句中，動詞時態用過去式，而主要子句的動詞時態用「現在完成式」，表示「從過去繼續到現在的動作或狀態」，故選 (C) *have learned*。

23. (**D**) 先行詞 sites 爲「事物」，故關係代名詞用 *which*。

24. (**B**) one 可代替前面提到的名詞。本題中，*the ones* = the sites。

25. (**D**) 依句意，有「越來越多的」人覺得不能沒有網路，many 的比較級是 *more*，故選 (D)。「比較級 + and + 比較級」是加強比較級語氣的用法。而 (A) fewer and fewer「越來越少」修飾可數名詞，(C) less and less「越來越少」修飾不可數名詞，均不合句意。

第三部份：閱讀理解

Questions 26-27

2017 年夏季舞會
國中生專屬派對

日期： 六月二十九日，星期六
　　　 七月二十八日，星期日
　　　 八月三十一日，星期六
地點： 台北青年學校
時間： 晚上六點至九點
費用： 每人新台幣三百元
電話： (02) 2383-4949

攜伴參加，可以得到一份神祕禮物！

---

dance〔dæns〕*n.* 舞會　　party〔'pɑrtɪ〕*n.* 派對
cost〔kɔst〕*n.* 費用　　Tel 電話（*telephone* 的縮寫）
secret〔'sikrɪt〕*adj.* 秘密的　　present〔'prɛznt〕*n.* 禮物

26. (**C**) 派對 ＿＿＿＿＿＿。

(A) 進行的時間是兩個小時　　(B) 每個禮拜都有舉行

(C) 是在週末舉行的　　　　　(D) 是在春天和夏天舉行的

* hold〔hold〕*v.* 舉行　　weekend〔'wik'ɛnd〕*n.* 週末

27. (**D**) 何者爲眞？

(A) 參加派對的人都可以得到一份禮物。

(B) 你應該獨自前往派對。

(C) 參加一次派對，須付四百元的費用。

(D) 今年夏天，台北青年學校將舉辦三場派對。

Questions 28-29

In the United States, it's usual to leave your waiter a tip—extra money for service. Before leaving the restaurant, you leave the tip on the table. Most people leave about 15% of the total bill. Look at Robert's check. Then answer the questions.

在美國，給服務生小費——也就是額外的服務費，是很平常的事。在離開餐廳之前，就把小費留在桌上。大部份的人，會留帳單全額的百分之十五的小費。請看羅伯特的帳單，然後回答問題。

漢堡	2.15
炸雞	4.15
稅	0.70
合計	7.00

usual〔'juʒʊəl〕*adj.* 常見的（= *common*）
leave〔liv〕*v.* 留…給（人）；離開
waiter〔'wetə〕*n.* 服務生　　tip〔tɪp〕*n.* 小費
extra〔'ɛkstrə〕*adj.* 額外的　　service〔'sɜvɪs〕*n.* 服務
total〔'totḷ〕*n., adj.* 總額（的）
bill〔bɪl〕*n.* 帳單（= check〔tʃɛk〕）
hamburger〔'hæmbɜgə〕*n.* 漢堡　　fried〔fraɪd〕*adj.* 油炸的
chicken〔'tʃɪkən〕*n.* 雞肉　　tax〔tæks〕*n.* 稅

28.（ **C** ）羅伯特必須付美金 _____ 元。

    (A) 6.30　　　　　　　　(B) 7.90
    (C) <u>7.00</u>　　　　　　　　(D) 6.75

29.（ **C** ）羅伯特可能會留美金 _____ 元的小費。

    (A) 0.33　　　　　　　　(B) 0.69
    (C) <u>1.05</u>　　　　　　　　(D) 1.50

    * probably〔'prɑbəblɪ〕*adv.* 可能
     7.00 × 15% = 1.05（元）

Questions 30-31

Have you ever wanted to write a song?　Two sisters, Mildred and Patty Hill, once <u>composed</u> a little song.　It was a happy song that they loved to sing.　It was called "Good Morning to You."　However, most other people didn't know the song very well.

你曾想過要寫歌嗎？一對叫做米爾德・希爾和派蒂・希爾的姊妹，就曾經<u>作</u>了一首簡短的歌曲。那是一首她們喜歡哼唱的快樂歌曲，叫做「向你道聲早安」。然而，大部份的人都不太知道這首歌。

    once〔wʌns〕*adv.* 曾經　　compose〔kəm'poz〕*v.* 作曲
    call〔kɔl〕*v.* 稱爲　　however〔haʊ'ɛvə〕*adv.* 然而

One day, Mildred and Patty had an idea. It turned out to be a very good idea. They decided to change the words of the song. They called the new song "Happy Birthday to You."

有一天，米爾德和派蒂想到一個點子。這點子結果變成一個非常好的點子。她們決定把歌詞改掉。她們把這首新歌命名爲「祝你生日快樂」。

> ***one day*** （過去）某日　　***turn out*** 結果
> idea〔aɪ'diə〕*n.* 主意；點子　　decide〔dɪ'saɪd〕*v.* 決定
> words〔wɝdz〕*n. pl.* 歌詞

Their short birthday song is now very famous. Almost everyone knows the words. Did anyone sing it at your last birthday?

這首簡短的歌曲現在非常有名。幾乎每個人都知道歌詞。上次你過生日時，有人唱這首歌嗎？

> famous〔'feməs〕*adj.* 有名的　　almost〔'ɔl,most〕*adv.* 幾乎
> last〔læst〕*adj.* 上一次的

30. (**A**) 最適合的標題是 _____ 。
    (A) 一首著名歌曲的由來　　(B) 向你道聲早安
    (C) 爲什麼人們愛唱歌　　　(D) 每個人都有生日
    * title〔'taɪtl̩〕*n.* 標題

31. (**C**) 第二行裡的 "composed" 意思是 _____ 。
    (A) 遺失　　　　　　　　(B) 告訴
    (C) 寫　　　　　　　　　(D) 忘記
    * line〔laɪn〕*n.* 行　　mean〔min〕*v.* 意思是
    lose〔luz〕*v.* 遺失　　forget〔fɚ'gɛt〕*v.* 忘記

Questions 32-33

The hummingbird is an amazing animal! It can actually flap its wings back and forth seventy-five times a second! This fast movement helps the hummingbird stay in midair while feeding from flowers. Its wings move so fast that they look like a blur.

蜂鳥是一種驚人的動物！事實上，牠們能夠每秒鐘來回拍動翅膀七十五下！如此快速的振動使蜂鳥從花朵覓食時，能停留在半空中。蜂鳥拍動翅膀的速度很快，因此看起來就像是模模糊糊的一點。

> hummingbird〔ˈhʌmɪŋ͵bɝd〕*n.* 蜂鳥
> amazing〔əˈmezɪŋ〕*adj.* 驚人的
> animal〔ˈænəml̩〕*n.* 動物
> actually〔ˈæktʃʊəlɪ〕*adv.* 事實上　　flap〔flæp〕*v.* 拍動
> wing〔wɪŋ〕*n.* 翅膀　　***back and forth*** 來回地
> second〔ˈsɛkənd〕*n.* 秒
> movement〔ˈmuvmənt〕*n.* 動作
> stay〔ste〕*v.* 停留　　midair〔͵mɪdˈɛr〕*n.* 空中
> feed〔fid〕*v.* 吃東西　　***so…that~*** 如此…以致於~
> blur〔blɝ〕*n.* 模糊而看不清楚的東西

Not only is the hummingbird fast, but it is also very small, often measuring only two or four inches in length. Hummingbird babies are usually not much bigger than bumblebees.

蜂鳥不僅動作快，體型也很小，通常只有二到四英吋長。幼鳥通常沒比土蜂大多少。

> ***not only…but also~*** 不但…而且~
> measure〔ˈmɛʒɚ〕*v.* 有…（長、寬、高）
> inch〔ɪntʃ〕*n.* 英吋【1 英吋等於 2.54 公分】
> length〔lɛŋθ〕*n.* 長度
> bumblebee〔ˈbʌmbl̩͵bi〕*n.* 大黃蜂；土蜂

Although hummingbirds are very small, they are not weak. They have <u>adapted</u> to many different kinds of climates. These little birds can be found all over the Americas—from the southern tip of South America to the lands of the Arctic.

蜂鳥體型雖小，可是體力一點也不差。牠們能夠適應多種不同的氣候。這些小鳥的活動範圍遍及整個美洲大陸——從南美州的最南端，一直到北極圈之內的土地。

although〔ɔl'ðo〕conj. 雖然
weak〔wik〕adj. 虛弱的
adapt〔ə'dæpt〕v. 適應 <to>
different〔'dɪfrənt〕adj. 不同的
kind〔kaɪnd〕n. 種類
climate〔'klaɪmɪt〕n. 氣候　　**all over** 遍及
Americas〔ə'mɛrɪkəz〕n. pl. 美洲大陸
southern〔'sʌðən〕adj. 南方的　　tip〔tɪp〕n. 尖端
South America 南美洲　　land〔lænd〕n. 土地
Arctic〔'ɑrktɪk〕n. 北極

32. (**B**) 最適合的標題是 ＿＿＿＿＿＿＿。

(A) 居住於各地的鳥類　　(B) 驚人的蜂鳥
(C) 蜂鳥的翅膀　　(D) 體型極小的鳥

33. (**B**) 第十行裡的 "adapted" 意思是 ＿＿＿＿＿＿＿。

(A) 下蛋　　(B) 爲了適應而改變
(C) 無法改變　　(D) 改變顏色

* lay〔le〕v. 下蛋【三態變化爲：lay-laid-laid】
  egg〔ɛg〕n. 蛋　　fit〔fɪt〕v. 適應
  fail to + **V.** 未能　　color〔'kʌlə〕n. 顏色

Questions 34-35

The street lamps are shaped like chocolate candy "Kisses." The streets have names like East Chocolate Avenue. You are in Chocolate Town, U.S.A. Its real name is Hershey, Pennsylvania.

街燈的形狀就和 Kisses 巧克力糖一樣。街道則取像東巧克力大街這樣的名字。你現在置身於美國的巧克力城。這城市的眞正名稱是賓州的赫喜城。

> lamp〔læmp〕*n.* 燈　　***street lamp*** 街燈
> shape〔ʃep〕*v.* 把…造成（某種形狀）
> ***be shaped like*** 形狀就像
> chocolate〔'tʃɔklɪt〕*n.* 巧克力
> avenue〔'ævəˌnju〕*n.* 大街
> town〔taʊn〕*n.* 城鎮　　real〔'riəl〕*adj.* 眞正的
> Pennsylvania〔ˌpɛnslʹvenjə〕*n.* 賓夕法尼亞州【位於美東，略稱賓州】

In 1905, a man named Milton Hershey opened a chocolate factory in a cornfield. Today there are thousands of people living in the town. Visitors are amazed at the huge <u>vats</u> that hold ten thousand pounds of chocolate each. It takes milk from fifty thousand cows every day to help make the candy. There are barns holding 90 million pounds of cacao beans. Chocolate is made from cacao beans.

在西元一九〇五年，一位名叫米爾頓・赫喜的人，在玉米田開了一間巧克力工廠。現今有數千位鎭民居住於此。觀光客對那些可容納一萬磅巧克力的<u>大桶子</u>感到驚奇。每天需要五萬頭母牛的牛奶，來生產巧克力。這裡的穀倉，可容納九千萬磅的可可豆。巧克力就是由可可豆製成的。

> name〔nem〕*v.* 給…取名　　factory〔'fæktrɪ〕*n.* 工廠

cornfield〔'kɔrn,fild〕*n.* 玉米田
thousands of 數以千計的　　visitor〔'vɪzɪtə〕*n.* 遊客
amazed〔ə'mezd〕*adj.* 感到驚訝的 < *at* >
huge〔hjudʒ〕*adj.* 巨大的　　vat〔væt〕*n.* 大桶
hold〔hold〕*v.* 容納；裝　***ten thousand*** 一萬
pound〔paʊnd〕*n.* 磅【重量單位】　　cow〔kaʊ〕*n.* 母牛
barn〔bɑrn〕*n.* 穀倉　　million〔'mɪljən〕*n.* 百萬
cacao〔kə'keo〕*n.* 可可　　bean〔bin〕*n.* 豆
be made from 由…所製成

If you are ever near Hershey, Pennsylvania, stop at the world's largest chocolate factory. There are free samples, too!

如果你有機會到賓州的赫喜城附近，要到全世界最大的巧克力工廠停留一下。那裡也有免費的試吃品！

stop〔stɑp〕*v.* 停留　　free〔fri〕*adj.* 免費的
sample〔'sæmpl〕*n.* 試用品

34. (**D**)　第七行裡的 "vats" 意思是 ＿＿＿＿＿。

    (A) 人們　　　　　　　　(B) 豆子
    (C) 杯子　　　　　　　　(D) 箱子
    * tank〔tæŋk〕*n.* 箱；槽

35. (**C**)　從工廠的規模來看，你可以判斷出人們喜歡 ＿＿＿＿＿。

    (A) 牛奶　　　　　　　　(B) 可可豆
    (C) 巧克力　　　　　　　(D) 觀光客
    * size〔saɪz〕*n.* 尺寸；大小　　tell〔tɛl〕*v.* 知道

初級英檢模擬試題② 詳解

閱讀能力測驗

第一部份：詞彙和結構

1. (**B**) It took Peter a long time to find a job after he left school. <u>At</u> last, he found a job as a teacher.
   彼得畢業後，花了很久的時間才找到工作。<u>最後</u>，他找到當老師的工作。

   > ***at last*** 最後 (= *in the end* = *finally*)
   > * job〔dʒɑb〕*n.* 工作　　***leave school*** 畢業
   > as〔æz〕*prep.* 擔任

2. (**C**) Mr. Brown <u>has gone</u> to America, so he isn't here now.
   布朗先生<u>已經去</u>美國了，所以他現在人不在這裡。

   > have gone to 已經去了 (去了未回)
   > have been to 曾經去過 (去了又回)

3. (**D**) It's <u>illegal</u> for people under 18 to drive a car in Taiwan.
   在台灣，未滿十八歲的人開車是<u>違法的</u>。

   > (A) humid〔'hjumɪd〕*adj.* 潮濕的
   > (B) active〔'æktɪv〕*adj.* 主動的
   > (C) comfortable〔'kʌmfətəbl̩〕*adj.* 舒服的
   > (D) ***illegal***〔ɪ'ligl̩〕*adj.* 違法的 (↔ *legal*)

4. (**D**) <u>On</u> Christmas Eve, we'll have a big dinner and then we'll go to church together.
   在<u>聖</u>誕夜，我們將吃一頓豐盛的晚餐，然後一起上教堂。

   > 表示特定日子的早、午、晚，介系詞用 ***on***。

* ***Christmas Eve*** 聖誕夜　　big〔bɪg〕*adj.* 豐盛的
go to church 上教堂；作禮拜

5. (**A**) Not only you but also I <u>am</u> right, so we don't have to
fight about this.
不但你沒錯，我也沒錯，所以我們沒必要爲這件事吵架。

> ***not only A but also B***「不但 A，而且 B」，做主詞時，
> 強調部份是 B，故動詞的單複數視 B 決定，故空格應塡 I
> 的 be 動詞 ***am***，選 (A)。

* right〔raɪt〕*adj.* 正確的
fight〔faɪt〕*v.* 吵架 <*about* >

6. (**B**) I have three brothers. One is a teacher, and <u>the others</u>
are businessmen.
我有三個兄弟。一個是老師，<u>另外兩個</u>是商人。

> 有限定三個人，排除掉一個人之後，剩下的那兩個人，
> 要加定冠詞 the。

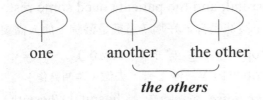

one　　　another　　　the other

the others

* businessman〔ˈbɪznɪsmən〕*n.* 商人

7. (**A**) There is a "No Parking" sign over there. Your car will
<u>be towed</u> away if you park your car there.
那邊有個「禁止停車」的告示牌。如果你把車子停在那裡，
你的車子將<u>被拖吊</u>。

> ***tow away***「拖吊」，按照句意爲被動語態，即「be 動詞 +
> p.p.」的形式，故選 (A) ***be towed***。

　　　　　* park〔pɑrk〕*v.* 停車　　sign〔saɪn〕*n.* 告示牌

8. (**C**) Christmas is coming, and everything in the department store is <u>on</u> sale.

聖誕節快到了，百貨公司裡的每樣東西都在<u>特價</u>。

$$\begin{cases} 商品 + be \ 動詞 + \textbf{\textit{on sale}} \quad （商品）特價 \\ 人或店家 + \textbf{\textit{have a sale}} \quad （人或店家）舉行特賣 \end{cases}$$

　　　　　* ***department store*** 百貨公司

9. (**C**) The shirts need <u>washing</u>, but you don't have to do it now.　襯衫需要<u>洗</u>了，但是你不用現在洗。

$$\begin{cases} 物 + need + V\text{-}ing \quad 需要 \\ = 物 + need + to \ be \ p.p. \end{cases}$$

本句可改為：The shirts need *to be washed.*

　　　　　* shirt〔ʃɜt〕*n.* 襯衫

10. (**B**) Could you please stop <u>making</u> so much noise?　We are in a hospital, and the patients need some rest.

請你停止<u>製造</u>噪音，好嗎？這裡是醫院，病人需要休息。

$$\begin{cases} stop + V\text{-}ing \quad 停止（一個動作）\\ stop + to \ V. \quad 停下來，去做（二個動作）\end{cases}$$

　　　　　* ***make noise*** 製造噪音　　hospital〔'hɑspɪtl̩〕*n.* 醫院
　　　　　patient〔'peʃənt〕*n.* 病人

11. (**C**) There is a shortage of water because there has been very <u>little</u> rain recently.　因為最近雨下得<u>很少</u>，所以現在缺水。

$$\begin{cases} few + 可數名詞 \quad 少（指少到幾乎沒有，具否定意味）\\ little + 不可數名詞 \end{cases}$$

$$\begin{cases} a \ few + 可數名詞 \quad 一些（接近 some，具肯定意味）\\ a \ little + 不可數名詞 \end{cases}$$

rain 爲不可數名詞，又按照句意，雨下得「非常少」，
故選 (C) *little*。

* shortage〔ˈʃɔrtɪdʒ〕*n.* 缺乏
 recently〔ˈrisn̩tlɪ〕*adv.* 最近

12. (**A**) I borrowed your pen without asking first, and I lost it.
I don't know <u>what</u> to do. 我沒事先問你，就拿了你的筆，
並且把它弄丟了。我不知道該怎辦。

I don't know *what to do*. （我不知道該怎麼辦。）
I don't know *how to do it*. （我不知道該如何做。）

* borrow〔ˈbaro〕*v.* 借　　first〔fɝst〕*adv.* 先
 without〔wɪðˈaut〕*prep.* 沒有　　lose〔luz〕*v.* 遺失

13. (**C**) When he took off his hat, I <u>noticed</u> that he was bald.
當他脫下帽子時，我注意到他禿頭。

(A) produce〔prəˈdjus〕*v.* 生產；製造
(B) imagine〔ɪˈmædʒɪn〕*v.* 想像
(C) *notice*〔ˈnotɪs〕*v.* 注意到
(D) surprise〔səˈpraɪz〕*v.* 使驚訝

* *take off* 脫掉（衣服、帽子等）（↔ *put on*）
 hat〔hæt〕*n.* 帽子　　bald〔bɔld〕*adj.* 禿頭的

14. (**B**) Matt：<u>How often</u> do you go to cram school?
Leo　：Four times a week.
麥特：你多久去一次補習班？
里歐：一個禮拜四次。

(A) How many～? ～有多少？（問數量）
(B) *How often～?* ～多久一次？（問頻率）
(C) How long～? ～多長？；～多久？（問距離或時間）
(D) How old～? ～幾歲？（問年紀）

　　　　　* **cram school** 補習班　　time〔 taɪm 〕*n.* 次數

15. (**B**)　She looks only 30, but in fact she's much <u>older</u> than she
　　　　　looks. 她看起來只有三十歲，但實際上，她的實際年齡比她
　　　　　的外表<u>大</u>很多。

　　　　　　　由 than 可知，空格應填一比較級，又 much 可修飾比較
　　　　　　　級，加強語氣，故選 (B) **older**。
　　　　　　　* **in fact** 事實上　　look〔 luk 〕*v.* 看起來

第二部份：段落填空

Questions 16-20

　　　　Tina went to Taipei Zoo <u>on</u> January 25.　It was her birthday.
　　　　　　　　　　　　　　16
She got up early that day, and then she <u>met</u> her friends at the
　　　　　　　　　　　　　　　　　　　17
MRT station.　They spent twenty minutes <u>taking</u> the MRT.
　　　　　　　　　　　　　　　　　　18
<u>When</u> they got there, it started to rain.　But they didn't want to
　19
give <u>up</u>.　After a while, the rain stopped.　They had a very good
　　　20
time on that day.

　　　一月二十五日那天，蒂娜去台北動物園。那天是她的生日。她那天
一大早就起床，到捷運站和朋友碰面。他們搭了二十分鐘的捷運。他們
抵達那裡的時候，開始下起雨來。可是他們不想因此作罷。過了一會
兒，雨就停了。那天他們玩得很開心。

　　　　zoo〔 zu 〕*n.* 動物園　　　**get up** 起床
　　　　station〔ˈsteʃən〕*n.* 車站　　start〔 stɑrt 〕*v.* 開始
　　　　while〔 hwaɪl 〕*n.* 一會兒　　**have a good time** 玩得愉快

16. (**C**)   ***on*** + 月份 + 日　在幾月幾日

17. (**D**)   meet〔mit〕*v.* 會面，本篇敘述為過去式，故選 (D) ***met***。

18. (**B**)   人 + spend + 時間 + V-ing　（人）花多久時間做～

19. (**C**)   按照句意，「當」他們到那裡之後，開始下雨，故選 (C)
When。(A) Although「雖然」，(B) Because「因為」，
(D) If「如果」，均不合句意。

20. (**A**)   ***give up*** 放棄

Questions 21-25

Chinese New Year is a special holiday for everyone. At that

time, family members <u>from</u> all over Taiwan get together. They
　　　　　　　　　　 21

<u>enjoy</u> talking, eating, and having a good time.
 22

　　農曆新年對每個人來說，都是個很特別的假日。農曆新年期間，散
佈在台灣各地的家族成員會團聚在一起。他們喜歡聊天及吃東西，度過
一段開心的時光。

> ***Chinese New Year*** 中國農曆新年
> special〔'spɛʃəl〕*adj.* 特別的
> member〔'mɛmbɚ〕*n.* 成員
> ***all over*** 遍及　　***get together*** 聚集

Older family members talk about work and friends. They

share news of the last year. Younger people have fun <u>playing</u>.
　　　　　　　　　　　　　　　　　　　　　　　　　 23

They also get red envelopes with "lucky money" inside.

　　老一輩的家族成員會談論工作和朋友。他們會分享去年所發生的點點滴滴。年輕人玩得很高興。他們也會拿到裡面裝有「壓歲錢」的紅包袋。

> **talk about** 談論　　share〔ʃɛr〕v. 分享
> envelope〔ˈɛnvə͵lop〕n. 信封　　**red envelope** 紅包
> lucky〔ˈlʌkɪ〕adj. 幸運的　　**lucky money** 壓歲錢
> inside〔ˈɪnˈsaɪd〕adv. 在裡面

It's also a time to welcome the new year. People clean their houses. Friends visit each other. And people <u>wish</u> each other
24
good luck.

　　此時也是迎接新年的時候。人們忙著打掃房子。朋友相互拜訪。而且大家也會互道恭喜。

> welcome〔ˈwɛlkəm〕v. 歡迎　　visit〔ˈvɪzɪt〕v. 拜訪
> **each other** 彼此　　luck〔lʌk〕n. 運氣

There's probably only one <u>terrible</u> thing about Chinese
25
New Year: traffic. People say that on some days, the road from Keelung to Kaohsiung is like the world's biggest parking lot!

　　關於農曆春節,大概只有一件可怕的事情,那就是交通問題。在這段期間有幾天,大家都說,從基隆到高雄這段路,就像是全世界最大的停車場!

> probably〔ˈprɑbəblɪ〕adv. 大概
> traffic〔ˈtræfɪk〕n. 交通
> **parking lot** 停車場

21. (**D**) 介系詞 **from** 表「從~(地方)來」。

22. (**A**)　(A) *enjoy* 〔 ɪn'dʒɔɪ 〕 *v.* 喜歡；享受（後接動名詞）
　　　　　 (B) plan 〔 plæn 〕 *v.* 計畫（後接不定詞）
　　　　　 (C) want 〔 wɑnt 〕 *v.* 想要（後接不定詞）
　　　　　 (D) hate 〔 het 〕 *v.* 討厭（句意不合）

23. (**C**)　*have fun* + *V-ing* 做～很愉快

24. (**B**)　(A) hope 〔 hop 〕 *v.* 希望（不可接人稱受詞）
　　　　　 (B) *wish* 〔 wɪʃ 〕 *v.* 祝福
　　　　　 (C) speak 〔 spik 〕 *v.* 說（語言）
　　　　　 (D) say 〔 se 〕 *v.* 說（不及物動詞）

25. (**D**)　按照句意，「不好的」事情，選 (D) *terrible* 〔'tɛrəbḷ〕 *adj.* 糟糕的。

第三部份：閱讀理解

Question 26

> # 誠徵
>
> ➢ 男性，三十歲以下
>
> ➢ 精通英文
>
> ➢ 一年教學經驗
>
> ☎ 2876-5432　　白先生

wanted 〔'wɑntɪd 〕 *adj.* 徵求…的　　　male 〔 mel 〕 *n.* 男性
command 〔 kə'mænd 〕 *n.* （對語言的）運用自如的能力；精通
experience 〔 ɪk'spɪrɪəns 〕 *n.* 經驗

26.(**A**) 懷特先生想徵求什麼人？

    (A) 老師。   (B) 祕書。

    (C) 歌手。   (D) 廚師。

    * secretary 〔ˈsɛkrəˌtɛrɪ 〕 *n.* 秘書

       singer 〔ˈsɪŋɚ 〕 *n.* 歌手   cook 〔 kʊk 〕 *n.* 廚師

Questions 27-28

A	B
屋齡三十二年 三房，兩衛 兩廳，一間廚房 售十八萬元 二千平方英呎	屋齡十年 三房，一衛 兩廳，一間廚房 售十七萬元 一千四百五十平方英呎
C	D
屋齡十二年 二房，一衛 一廳，一間廚房 售十六萬五千元 一千六百五十四平方英呎	屋齡二十五年 四房，兩衛 兩廳，二間廚房 售二十八萬元 三千一百平方英呎

bdrm 臥室 (= *bedroom*)   ba 浴室 (= *bathroom*)

lvrm 客廳 (= *living room*)   ktch 廚房 (= *kitchen*)

sq. ft 平方英呎 (= *square feet*)

27.(**B**) 哪一間房子是距離最近建造的？

依照圖表，最年輕的屋齡是 10 年，，故選 (B)。

* recently〔ˈrisn̩tlɪ〕*adv.* 最近　　build〔bɪld〕*v.* 興建

28.(**D**)　懷特夫婦有三個小孩。他們要買一間房子供全家人住。他們想讓每個小孩各自有自己的房間。哪間房子最適合他們？

懷特夫婦共用一間房間，再加上三個小孩各自有自己的一間房間，總共需要四間臥室，故選 (D)。

Questions 29-30

生 日 派 對

史考提·懷特受邀在一月一日，星期六，參加葛瑞思·布朗十四歲的生日派對。派對將在晚上六點鐘開始，九點半結束。舉行地點於天母西路252號。請來電：2871-8125。週六見。

invite〔ɪnˈvaɪt〕*v.* 邀請　　conclude〔kənˈklud〕*v.* 結束
hold〔hold〕*v.* 舉行

29.(**D**)　這派對將舉行多久？

(A) 二小時。　　　　　　(B) 三小時。
(C) 無法得知。　　　　　(D) <u>不到四個小時。</u>

30.(**B**)　派對的地點在哪裡？

(A) 在客廳。　　　　　　(B) <u>無法得知。</u>
(C) 在工廠。　　　　　　(D) 在廚房。

* factory〔ˈfæktrɪ〕*n.* 工廠

Questions 31-33

Many people think the English do not like to speak other languages. In fact, English is a mixture of words from many different languages. Because of this, the vocabulary of the English language is very large. It is much larger than that of almost every other language in the world.

很多人認爲英國人不喜歡說其它語言。事實上，英語是很多不同語言的混合體。因此，英語的字彙量非常龐大。比世界上幾乎所有的其它語言，字彙量還大。

> ***the English*** 英國人【視爲複數，故接複數動詞】
> language〔'læŋgwɪdʒ〕*n.* 語言
> mixture〔'mɪkstʃɚ〕*n.* 混合
> different〔'dɪfrənt〕*adj.* 不同的　　***because of*** + ***N.*** 因爲
> vocabulary〔və'kæbjə,lɛrɪ〕*n.* 字彙
> large〔lɑrdʒ〕*adj.* 多的　　***in the world*** 在全世界

Many English words come from Latin, the old language of Rome, and also from ancient Greek. From Latin we get words like "wine," "use" and "day." From Greek we have words such as "photograph," "Bible" and "ink." Because these two languages are dead, the words have most often come through other languages such as French, or the old German languages. There are also many words from both Greek and Latin together —"television," for example. Here "tele" is Greek for "far" and "vision" comes from Latin and means "seeing."

很多英文字來自拉丁文，即羅馬時代使用的古文字，和古希臘文。源自拉丁文的字，例如 wine，use 和 day。而源自希臘文的字，例如 photograph，Bible 和 ink。因爲這兩種語言都已經不再使用了，所以通常透過法文或古德文而流傳下來。也有很多字是源自於拉丁文及希臘

文的，例如 television。tele 在希臘文是「遠」的意思，而 vision 則是拉丁文「看」的意思。

> **come from** 起源於　　Latin〔'lætɪn〕*n.* 拉丁文
> Rome〔rom〕*n.* 羅馬【古羅馬帝國的首都】
> ancient〔'enʃənt〕*adj.* 古代的　　Greek〔grik〕*n.* 希臘文
> wine〔waɪn〕*n.* 葡萄酒　　**such as** 例如
> photograph〔'fotə,græf〕*n.* 照片
> Bible〔'baɪbḷ〕*n.* 聖經　　ink〔ɪŋk〕*n.* 墨水
> dead〔dɛd〕*adj.*（語言）不再使用的
> French〔frɛntʃ〕*n.* 法文　　German〔'dʒɝmən〕*adj.* 德國的
> **for example** 例如

31.（**C**）在古代，羅馬人是說哪一種語言？

(A) 英文。　　　　　　　(B) 法文。

(C) 拉丁文。　　　　　　(D) 希臘文。

　　* times〔taɪmz〕*n. pl.*（特定的）時代；時期
　　　 Roman〔'romən〕*n.* 羅馬人

32.（**A**）為什麼英文字彙量很大？

(A) 因為英文本身就從很多不同的語言轉借許多字。

(B) 因為英文是歷史最悠久的語言。

(C) 因為英文是大多數人使用的語言。

(D) 因為英文是活的語言。

　　* borrow〔'baro〕*v.*（從外語）轉借 <*from*>
　　　 history〔'hɪstrɪ〕*n.* 歷史
　　　 living〔'lɪvɪŋ〕*adj.*（語言）在使用的（↔ *dead*）

33.（**C**）英文字 "television" 源自什麼語言？

(A) 拉丁文。　　　　　　(B) 希臘文。

(C) 拉丁文及希臘文。　　(D) 德文。

Question 34-35

I was busy looking for two free tickets to a rock concert when my little sister Lisa came into my room. She wanted to tell me something but I was not interested. I pushed her out and closed the door behind her. Twenty minutes later, I gave up and called Jimmy. "Jimmy, I'm sorry that we can't go to the concert tonight. I've lost the tickets." Jimmy angrily hung up the phone and I felt very upset. Later that evening, Lisa handed me the concert tickets I had lost. "I wanted to give them to you, but you were so angry. I found them at your door, so I think they're yours, right? Are you still angry now?" she asked. "It's too late. But never mind. Thank you, anyway," I answered weakly.

當我妹妹麗莎進我的房間找我的時候，我正忙著找那兩張搖滾演唱會的免費門票。她好像有事情要跟我說，不過我沒興趣。我把她推出房門，把門關上。二十分鐘後，我放棄找票，打電話給吉米。「吉米，很抱歉，我們今晚不能去演唱會了。我把票弄丟了。」吉米生氣地掛斷電話，我覺得很生氣。當晚晚一點的時候，麗莎把我遺失的門票交給我。「我本來想早點給你的，但是你太生氣了。我是在你的房門口找到門票的，所以我想那是你的，對不對？你現在還在生氣嗎？」她問道。「來不及了。不過算了。無論如何，謝謝妳，」我有氣無力地回答。

be busy + *V-ing* 忙著做～　　*look for* 尋找
free〔fri〕*adj.* 免費的　　ticket〔'tɪkɪt〕*n.* 入場券
rock〔rɑk〕*n.* 搖滾樂　　concert〔'kɑnsɝt〕*n.* 演唱會
little sister 妹妹　　interested〔'ɪntrɪstɪd〕*adj.* 有興趣的
push〔puʃ〕*v.* 推　　behind〔bɪ'haɪnd〕*prep.* 在…的後面
later〔'letɚ〕*adv.* 後來　　*give up* 放棄
sorry〔'sɔrɪ〕*adj.* 感到抱歉的；感到遺憾的
tonight〔tə'naɪt〕*adv.* 在今晚
angrily〔'æŋgrɪlɪ〕*adv.* 生氣地　　*hang up* 掛斷（電話）

phone〔fon〕*n.* 電話（= *telephone*）
upset〔ʌpˋsɛt〕*adj.* 心煩的；不高興的
hand〔hand〕*v.* 拿給　　***never mind*** 沒關係
anyway〔ˋɛnɪ͵we〕*adv.* 無論如何；不管怎樣
weakly〔ˋwiklɪ〕*adv.* 微弱地

34. (**D**) 麗莎在哪裡找到那兩張門票的？

(A) 在客廳。

(B) 在廚房。

(C) 在浴室門口。

(D) 在作者的房門口。

* writer〔ˋraɪtə〕*n.* 作者

35. (**C**) 何者為眞？

(A) 吉米很高興得知發生了什麼事。

(B) 作者和吉米最後去了演唱會。

(C) 麗莎找到門票，並且把門票交給作者。

(D) 吉米找到門票。

* true〔tru〕*adj.* 眞實的；正確的
at last 最後

初級英檢模擬試題③詳解

閱讀能力測驗

第一部份：詞彙和結構

1. (**A**) Maggie closed her eyes and made a <u>wish</u>.
   梅姬閉上眼睛，然後許了一個<u>願望</u>。
   - (A) **wish**〔wɪʃ〕*n.* 願望　　***make a wish*** 許願
   - (B) cake〔kek〕*n.* 蛋糕　　make a cake 製作蛋糕
   - (C) tea〔ti〕*n.* 茶　　make tea 泡茶
   - (D) coffee〔'kɔfɪ〕*n.* 咖啡　　make coffee 泡咖啡
   - * close〔kloz〕*v.* 閉上　　glasses〔'glæsɪz〕*n. pl.* 眼鏡

2. (**C**) I'm sorry for breaking your glasses.　It's all my <u>fault</u>.
   我很抱歉把你的眼鏡打破了。這全都是我的<u>錯</u>。
   - (A) joke〔dʒok〕*n.* 笑話
   - (B) question〔'kwɛstʃən〕*n.* 問題
   - (C) **fault**〔fɔlt〕*n.* 過錯
   - (D) idea〔aɪ'diə〕*n.* 主意；想法
   - * break〔brek〕*v.* 打破　　glasses〔'glæsɪz〕*n. pl.* 眼鏡

3. (**C**) Linda is very <u>brown</u> after her holiday in Thailand, because the sun there is very hot.
   琳達去泰國度假後，<u>皮膚曬得很黑</u>，因為那裡的太陽非常大。
   - (A) yellow〔'jɛlo〕*adj.* 黃色的
   - (B) black〔blæk〕*adj.* 黑色的
   - (C) **brown**〔braʊn〕*adj.*（皮膚）曬黑的
   - (D) orange〔'ɔrɪndʒ〕*adj.* 橙色的
   - * holiday〔'halə,de〕*n.* 假期

Thailand〔'taɪlənd〕*n.* 泰國
sun〔sʌn〕*n.* 太陽；陽光

4. (**A**) I feel it is great to take <u>a bath</u> in the hot springs in
　　　　 Yangmingshan. 我覺得在陽明山<u>泡溫泉</u>很棒。

　　　　 (A) ***take a bath*** 泡澡
　　　　　　 take a bath in the hot springs 泡溫泉
　　　　 (B) take a trip 去旅行 *< to >*
　　　　 (C) take medicine 吃藥
　　　　 (D) take an interest in 對…有興趣

　　　　 * great〔gret〕*adj.* 很棒的

5. (**B**) Paul : I'm going to the Taipei City Hall.　Bus Number
　　　　　　　　 286 goes there, <u>doesn't it</u>?
　　　　 Rita : Yes, but you can take the MRT, too.
　　　　 保羅：我要去台北市政府。286 號公車有到那裡，<u>不是嗎</u>？
　　　　 莉塔：沒錯，但是你也可以搭捷運。

　　　　　　 前面是肯定句，附加問句必須是否定句，且 goes 是一般
　　　　　　 動詞，故助動詞用 does，代名詞則用 it 代替 bus number
　　　　　　 286，選 (B) ***doesn't it***，就是 doesn't it go there 的省略
　　　　　　 疑問句。

　　　　 * ***city hall*** 市政府
　　　　　 MRT 捷運 (= *Mass Rapid Transit*)

6. (**B**) George was <u>showing off</u> his new bicycle to his
　　　　 classmates this morning, but he found that his bicycle
　　　　 had been stolen after school.
　　　　 喬治今天早上向他的同學<u>炫耀</u>他的新腳踏車，但是在放學
　　　　 後，他發現他的腳踏車被偷了。

　　　　 (A) take off 脫掉　　　　　 (B) ***show off*** 炫耀

　　　　　(C) wait for 等待　　　　　(D) laugh at 取笑
　　　　　* classmate〔'klæs,met〕n. 同學
　　　　　　 steal〔stil〕v. 偷【三態變化為：steal-stole-stolen】
　　　　　　 after school 放學後

7. (**B**) Mike and I <u>spent</u> all night decorating our new house.
　　　　　麥克跟我<u>花</u>了整晚的時間佈置我們的新房子。

　　　　　「花費時間」的表達方式有：

　　　　　　人 + *spend* + 時間 + (*in*) + *V-ing*
　　　　　　事或 It + *take* + (人) + 時間 + *to V.*

　　　　　而 (C) cost「(東西) 值 (多少錢)」，(D) pay「付費」，
　　　　　用法皆不合。
　　　　　* decorate〔'dɛkə,ret〕v. 佈置

8. (**B**) Tim is an active language learner. He always carries a
　　　　　<u>dictionary</u> with him.
　　　　　提姆是個主動的語言學習者。他總是隨身攜帶一本<u>字典</u>。

　　　　　(A) story〔'stori〕n. 故事
　　　　　(B) *dictionary*〔'dɪkʃən,ɛrɪ〕n. 字典
　　　　　(C) conversation〔,kɑnvə'seʃən〕n. 對話
　　　　　(D) sentence〔'sɛntəns〕n. 句子
　　　　　* active〔'æktɪv〕adj. 主動的
　　　　　　 language〔'læŋgwɪdʒ〕n. 語言
　　　　　　 carry〔'kærɪ〕v. 攜帶

9. (**A**) Stop <u>singing</u>! What a terrible voice you have!
　　　　　停止<u>唱歌</u>！你的歌聲真糟糕！

　　　　　stop 的用法：

　　　　　　stop + V-ing 停止做 (一個動作)
　　　　　　stop + to V. 停下來，去做 (二個動作)

* terrible〔'tɛrəbḷ〕*adj.* 糟糕的
voice〔vɔɪs〕*n.* 聲音

10. (**D**) Melissa : Mom, I got the best grade on the English test today.

Mother : Good job, daughter. I'm <u>proud</u> of you.

梅麗莎：媽媽，我今天英文考試考最高分。

媽　媽：做得好，女兒。我<u>以妳爲榮</u>。

(A) sick〔sɪk〕*adj.* 生病的

(B) tired〔taɪrd〕*adj.* 疲倦的

(C) sure〔ʃur〕*adj.* 確信的

(D) ***proud***〔praud〕*adj.* 光榮的 *< of >*

　　be proud of 以～爲榮

　* grade〔gred〕*n.* 分數；成績　　test〔tɛst〕*n.* 考試
good job 做得好　　daughter〔'dɔtɚ〕*n.* 女兒

11. (**D**) Nancy <u>was selling</u> fake CDs when the police came.

警察來時，南茜<u>正在賣</u>仿冒的 CD。

按照句意爲過去的時間，故選 (D) ***was selling***，「過去
進行式」表「過去某段時間正在進行的動作」。

　* fake〔fek〕*adj.* 仿冒的　　***the police*** 警方

12. (**B**) With e-mails and telephones, <u>communication</u> has become easier, and the world is getting smaller.

有了電子郵件和電話，<u>通訊</u>已變得更容易，世界變得越來
越小。

(A) difference〔'dɪfrəns〕*n.* 差別

(B) ***communication***〔kə,mjunə'keʃən〕*n.* 通訊

(C) software〔'sɔft,wɛr〕*n.* 軟體

(D) housework〔'haus,wɝk〕*n.* 家事

　　　　　* e-mail〔'i,mel〕*n.* 電子郵件　　world〔wɜld〕*n.* 世界

13. (**C**) Fred and Jack are good friends, and <u>both of them</u> are
　　　　　basketball fans.
　　　　　弗瑞德和傑克是好朋友，而且他們<u>兩人都</u>是籃球迷。

　　　　　弗瑞德和傑克共兩個人，故代名詞用 both「兩者都」。
　　　　　(A) all 指「（三者以上的）全部」，(B) one of them 須
　　　　　接單數動詞，(D) some of them「他們當中有一些人」，
　　　　　用法皆不合。
　　　　　* fan〔fæn〕*n.* 迷

14. (**C**) My father came into the kitchen to see what was <u>wrong</u>.
　　　　　我爸爸走進廚房，看看有什麼<u>不對勁</u>。

　　　　　(A) bad〔bæd〕*adj.* 壞的
　　　　　(B) right〔raɪt〕*adj.* 正確的
　　　　　(C) ***wrong***〔wɔŋ〕*adj.* 不對勁的
　　　　　(D) long〔lɔŋ〕*adj.* 長的

15. (**D**) (In the teachers' office)
　　　　　Miss Ho : Mr. Ma, <u>are there</u> students in the classroom?
　　　　　Mr. Ma　: I don't think so.　School is over.
　　　　　Miss Ho : But I hear people talking over there.
　　　　　（在老師辦公室內）
　　　　　何老師：馬老師，教室裡<u>有</u>學生嗎？
　　　　　馬老師：我想沒有學生了。已經下課了。
　　　　　何老師：可是我聽到有人在那裡講話。

　　　　　「there＋be 動詞」表「有」，又 students 為複數名詞，
　　　　　故 be 動詞用複數動詞 are。
　　　　　* office〔'ɔfɪs〕*n.* 辦公室　　school〔skul〕*n.* 上課
　　　　　　over〔'ovɚ〕*adj.* 結束的　　***over there*** 在那裡

第二部份：段落填空

Questions 16-20

Learning English <u>is</u> an interesting thing. It's just <u>like</u> playing
　　　　　　　　16　　　　　　　　　　　　　　　　　17
basketball. First, we have to memorize new words. If we don't

understand <u>them</u>, we have to <u>look them up</u> in the dictionary. And
　　　　　　18　　　　　　　　　　19
then we have to practice <u>as often as</u> we can. If we don't miss any
　　　　　　　　　　　　　20
chance to do these things, our English will get better and better.

　　學習英文是件有趣的事。就好像打籃球一樣。首先，我們必須背新
的單字。如果不懂的話，就必須查字典。然後必須儘可能地多加練習。
如果我們不放過任何學英文的機會，我們的英文就會變得愈來愈好。

　　　　interesting〔'ɪntrɪstɪŋ〕adj. 有趣的
　　　　memorize〔'mɛmə,raɪz〕v. 記憶；背誦
　　　　understand〔,ʌndəˈstænd〕v. 了解
　　　　practice〔'præktɪs〕v. 練習　　miss〔mɪs〕v. 錯過
　　　　chance〔tʃæns〕n. 機會

16. (**D**)　動名詞當主詞，須視為單數，且按照句意，學習英文「是」
　　　　　　件有趣的事，故選 (D) *is*。

17. (**B**)　依句意，選介系詞 (B) *like*「像」。而 (A) as「正如」，用於
　　　　　　「as…as～」，表「像～一樣…」，在此用法不合；
　　　　　　(C) same〔sem〕adj. 相同的，則不合句意。

18. (**C**)　代名詞 *them* 代替前面提到的名詞 new words。

19. (**D**)　⎰ *look at* 看（不可分片語）
　　　　　　⎱ *look up* 查閱（可分片語）

可分片語接受詞時，若受詞為代名詞，必須置於動詞及
介系詞中間。

20. (**A**) ***as…as one can*** 表「儘可能…」(= *as…as possible*)，
依句意，選 (A) ***practice as often as possible***「儘可能經
常練習」。而 (B) as well as「以及；和～一樣好」，
(C) seldom〔ˈsɛldəm〕*adv.* 很少，均不合句意。

Questions 21-25

In the south of Taiwan, there is a very special place. <u>It has
clean beaches,</u> great weather, and beautiful forests. That place
₂₁
is Kenting National Park. Every year, millions of people <u>visit the
park.</u> They come from all over Taiwan. People go there on
honeymoons, school trips, and short weekend <u>holidays.</u> Also,
₂₃
tourists from other countries love to visit the park.

台灣南部有一個非常特別的地方。那裡有乾淨的海灘、很棒的天
氣，以及美麗的森林。那地方就是墾丁國家公園。每年有數百萬的人會
到這公園遊覽。他們來自台灣各地。人們去那裡度蜜月、校外教學，以
及度過短期的週末假日。此外，其他國家的觀光客也喜歡來這個公園遊
覽。

south〔saʊθ〕*n.* 南部　　special〔ˈspɛʃəl〕*adj.* 特別的
forest〔ˈfɔrɪst〕*n.* 森林　　***national park*** 國家公園
millions of 數百萬計的　　***all over*** 遍及
honeymoon〔ˈhʌnɪˌmun〕*n.* 蜜月旅行
tourist〔ˈtʊrɪst〕*n.* 觀光客

At Kenting, <u>there is a lot to do</u>. You can play in the water

24

and relax on the beach. You can also visit the beautiful gardens

and <u>look at</u> the strange rocks with funny shapes. They have

25

names like "frog rock" and "sail rock."

在墾丁有很多東西可以玩。你可以玩水，在海灘放鬆一下。也可以
參觀那些美麗的花園，並且看看那些奇形怪狀的石頭。這些石頭有名字
的，如「青蛙石」及「帆船石」。

relax〔rɪˈlæks〕v. 放鬆　　beach〔bitʃ〕n. 海灘
garden〔ˈgɑrdn̩〕n. 花園　　rock〔rɑk〕n. 岩石
funny〔ˈfʌnɪ〕adj. 奇特的　　shape〔ʃep〕n. 形狀
frog〔frɑg〕n. 青蛙　　sail〔sel〕n. 帆；帆船

21. (**C**)　(A) 它並不貴
　　　　　　(B) 人們都很友善　　friendly〔ˈfrɛndlɪ〕adj. 友善的
　　　　　　(C) <u>它有乾淨的海灘，</u>
　　　　　　(D) 你可以看到雪，　　snow〔sno〕n. 雪

22. (**A**)　(A) <u>遊覽這座公園</u>　　　(B) 擔心海灘
　　　　　　(C) 去台北　　　　　　(D) 留在家裡

23. (**C**)　*weekend holidays*　週末假期

24. (**B**)　(A) 很無聊　　　　　　(B) <u>有很多事情可做</u>
　　　　　　(C) 你會玩得不愉快　　(D) 沒什麼事情可做

25. (**B**)　依句意，「看」石頭，選 (B) *look at*。

第三部份：閱讀理解

Questions 26-27

Joseph and Nina are walking in a park.

Nina : You threw your garbage on the ground. Pick it up.

Joseph : Why? It's only a small bag. Anyway, it's empty.

Nina : We have to keep the park clean.

Joseph : But a lot of people do the same thing.

Nina : I know. Those people are wrong.

約瑟夫與妮娜正在公園散步。

妮　娜：你怎麼把垃圾丟在地上。快撿起來。

約瑟夫：為什麼？就一個小袋子而已。反正，它是空的。

妮　娜：我們要保持公園的整潔。

約瑟夫：可是有很多人都做一樣的事啊。

妮　娜：我知道。那些人都做錯了。

> throw〔θro〕v. 丟棄【三態變化為：throw-threw-thrown】
> garbage〔'gɑrbɪdʒ〕n. 垃圾　　ground〔graʊnd〕n. 地面
> **pick up** 撿起　　anyway〔'ɛnɪ,we〕adv. 反正；無論如何
> empty〔'ɛmptɪ〕adj. 空的　　keep〔kip〕v. 保持
> clean〔klin〕adj. 乾淨的　　wrong〔rɔŋ〕adj. 錯誤的

26. (**B**) 妮娜

(A) 把東西丟在地上。　　(B) 很關心公園。

(C) 同意約瑟夫的說法。　(D) 做錯事。

* *care about* 關心　　*agree with* sb. 同意某人的說法

27. (**D**) "the same thing" 指的是什麼？

(A) 在公園散步。　　(B) 撿起他們的垃圾。

(C) 保持公園整潔。　(D) 把垃圾丟在地上。

Questions 28-30

Many people have the wrong idea about pigs. In fact, pigs are very clean animals. On farms, they live in dirty places, so they become very dirty. <u>In the wild</u>, pigs keep very clean.

很多人都對豬有誤解。事實上，豬是非常乾淨的動物。在農場裡，他們住在髒亂的地方，所以也變得很髒。<u>在野外</u>，豬是非常愛乾淨的。

> ***in fact*** 事實上　　dirty〔'dɝtɪ〕*adj.* 骯髒的
> wild〔waɪld〕*n.* 野生　　***in the wild*** 在野外

They are also really smart. They may be smarter than dogs. So, pigs can learn things from people. Pigs are very friendly animals. Some people raise them as pets. Of course, people raise the small kind, not the big kind. Small pigs are very cute and they don't break things in the house. Big pigs usually live outside on farms, not in people's houses.

牠們真的也很聰明。也許比狗還聰明。所以，豬也可以向人學東西。豬是非常友善的動物。有些人把牠們當寵物養。當然，人類養的是小型而不是大型的豬。小豬是很可愛的。而且牠們不會打破家裡的東西。大型豬通常都養在戶外的農場，而不會住在人的家裡。

> smart〔smart〕*adj.* 聰明的　　friendly〔'frɛndlɪ〕*adj.* 友善的
> raise〔rez〕*v.* 飼養　　pet〔pɛt〕*n.* 寵物
> kind〔kaɪnd〕*n.* 種類　　cute〔kjut〕*adj.* 可愛的
> break〔brek〕*v.* 打破　　outside〔'aʊt'saɪd〕*adv.* 在戶外

28. (**D**) 豬是 _____ 。

    (A) 又髒又笨的　　　　　(B) 害羞而且奇怪的
    (C) 既危險又不友善的　　(D) <u>聰明又溫和的</u>

    * stupid〔'stjupɪd〕*adj.* 愚蠢的
      shy〔ʃaɪ〕*adj.* 害羞的　　strange〔strendʒ〕*adj.* 奇怪的

dangerous〔ˋdendʒərəs〕adj. 危險的
unfriendly〔ʌnˋfrɛndlɪ〕adj. 不友善的（↔ friendly）
gentle〔ˋdʒɛntl̩〕adj. 溫和的

29. (**A**) 第三行裡的 "in the wild" 是什麼意思？

(A) 在大自然裡。　　　　(B) 在農場。
(C) 發瘋。　　　　　　　(D) 在人的家裡。

* line〔laɪn〕n. 行　　nature〔ˋnetʃə〕n. 大自然
crazy〔ˋkrezɪ〕adj. 瘋狂的

30. (**D**) 下列何者為真？

(A) 豬喜歡髒兮兮的。　　(B) 只有農民養豬。
(C) 狗比豬聰明。　　　　(D) 有人在家中飼養小型的豬。

* following〔ˋfaləwɪŋ〕adj. 下列的
true〔tru〕adj. 真實的；正確的　　dirty〔ˋdɝtɪ〕adj. 髒的
raise〔rez〕v. 飼養

Questions 31-32

這是一張電視節目表。閱讀後，回答問題。

時間	節目
7:00	氣象報告
7:30	快樂英語
8:00	世界新聞
9:00	流行時尚

schedule〔ˋskɛdʒʊl〕n. 時間表
program〔ˋprogræm〕n. 節目　　report〔rɪˋport〕n. 報導
news〔njuz〕n. 新聞　　fashion〔ˋfæʃən〕n. 流行

31. (**A**) 莎拉明天想和朋友去海邊玩。她應該在什麼時候看電視，
知道會不會下雨？

想知道是否會下雨，要看「氣象報告」，故選 (A) 7:00。

32. (**C**) 彼得想知道全世界發生了什麼事情，所以他應該在幾點鐘
打開電視？

想知道全球時事，要看「世界新聞」，故選 (C) 8:00。

* happen〔ˈhæpən〕v. 發生
around the world 在全世界 *turn on* 打開（電器）

Questions 33-35

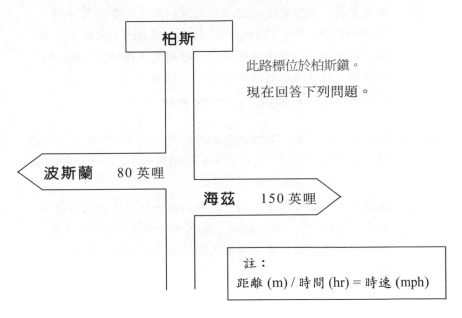

此路標位於柏斯鎮。

現在回答下列問題。

柏斯

波斯蘭 80 英哩

海茲 150 英哩

註：
距離 (m) / 時間 (hr) = 時速 (mph)

sign〔saɪn〕n. 標誌 *road sign* 路標
stand〔stænd〕v. 位於 mile〔maɪl〕n. 英哩
mph 每小時英哩數；時數（= *miles per hour*）

33. (**C**) 蘿拉要從柏斯開車前往波特蘭。她以每小時四十英哩的速度行駛。她在下午兩點鐘從柏斯出發。她何時會到達波特蘭？

　　根據公式，假設蘿拉從柏斯開車到波特蘭，要花 X 小時，即 80 (m) / X = 40 (mph)，故 X = 2 (hr)，她於下午兩點鐘出發，加上兩個小時的車程，所以到達波特蘭的時間是下午四點鐘。

　　* leave〔liv〕*v.* 離開　　***get to*** 到達

34. (**D**) 賈士柏要從柏斯開車前往海茲。他以每小時五十英哩的速度行駛。他將在途中停留兩個小時看表演。他在早上十點鐘從柏斯出發。他何時會到達海茲？

　　根據公式，假設賈士柏從柏斯開車到海茲，要花 X 小時，即 150 (m) / X = 50 (mph)，故 X = 3 (hr)，他於早上十點出發，加上兩個小時的看表演時間後，再加上三個小時的車程，到達海茲的時間是下午三點鐘。

　　* show〔ʃo〕*n.* 表演　　***on the way*** 在途中

35. (**B**) 琳達要去波特蘭，參加她朋友的派對。派對將在晚上七點鐘開始。她想提早三十分鐘到。如果她以每小時四十英哩的速度行駛，她應該何時離開柏斯？

　　根據公式，假設琳達從柏斯開車到波特蘭，要花 X 小時，即 80 (m) / X = 40 (mph)，故 X = 2 (hr)，她預定在晚上六點半到波特蘭，減去兩個小時的車程，即應在下午四點半，從柏斯出發。

初級英檢模擬試題④詳解

閱讀能力測驗

第一部份：詞彙和結構

1. (**C**) Can I borrow your <u>cell phone</u> to make a call?
   我可以跟你借<u>手機</u>，打一通電話嗎？

   (A) dining room 餐廳
   (B) air conditioner 冷氣機
   (C) ***cell phone*** 手機
   (D) soft drink 不含酒精的飲料
   * ***make a call*** 打一通電話

2. (**D**) Whenever we sing in the KTV parlor, Sally always
   holds the microphone. I think she likes to <u>show off</u>.
   每當我們在 KTV 唱歌時，莎莉總是握著麥克風不放。我想
   她喜歡<u>炫燿</u>自己。

   (A) stay up 熬夜　　　　(B) get up 起床
   (C) give up 放棄　　　　(D) ***show off*** 炫燿
   * whenever〔hwɛn'ɛvɚ〕*conj.* 每當
   parlor〔'pɑrlɚ〕*n.* 店　　hold〔hold〕*v.* 握著
   microphone〔'maɪkrəˌfon〕*n.* 麥克風

3. (**D**) After eating the pizza, we asked the waiter for more
   <u>napkins</u> to wipe our oily hands.
   我們吃完披薩後，向服務生再要一些<u>餐巾</u>，擦我們油膩的手。

   (A) menu〔'mɛnju〕*n.* 菜單
   (B) fork〔fɔrk〕*n.* 叉子
   (C) glass〔glæs〕*n.* 玻璃杯

(D) **napkin** ﹝'næpkɪn﹞ *n.* 餐巾紙

* pizza ﹝'pitsə﹞ *n.* 披薩
ask *sb.* **for** *sth.* 向某人要某物
waiter ﹝'wetɚ﹞ *n.* 服務生　　wipe ﹝waɪp﹞ *v.* 擦
oily ﹝'ɔɪlɪ﹞ *adj.* 油膩的

4. (**A**) Linda put on ten kilograms during the summer vacation, so she decided to go <u>on</u> a diet.

琳達在暑假期間胖了十公斤，所以她決定要<u>節食</u>。

> **go on a diet** 節食
>
> * **put on** 增加　　kilogram ﹝'kɪlə,græm﹞ *n.* 公斤（= *kilo*）
> during ﹝'djʊrɪŋ﹞ *prep.* 在…期間
> vacation ﹝ve'keʃən﹞ *n.* 假期
> decide ﹝dɪ'saɪd﹞ *v.* 決定

5. (**D**) George and Karen are afraid of their mother, because she is <u>strict</u> with them.

喬治和凱倫很怕他們的媽媽，因為她對他們很<u>嚴格</u>。

(A) kind ﹝kaɪnd﹞ *adj.* 親切的 < *to* >
(B) nice ﹝naɪs﹞ *adj.* 好心的 < *to* >
(C) worried ﹝'wɝɪd﹞ *adj.* 擔心的 < *about* >
(D) **strict** ﹝strɪkt﹞ *adj.* 嚴格的 < *with* >

* **be afraid of** 害怕

6. (**B**) The "thinking" car can slow down by itself if it is too <u>close</u> to the car in front.

會「思考」的車如果太<u>靠近</u>前面的車子，能夠自動減慢速度。

(A) quick ﹝kwɪk﹞ *adj.* 快速的
(B) **close** ﹝klos﹞ *adj.* 接近的 < *to* >
(C) nearby ﹝'nɪr,baɪ﹞ *adj.* 附近的

(D) direct〔dəˈrɛkt〕*adj.* 直接的

* ***slow down*** 慢下來　　***by oneself*** 獨力；靠自己
in front 在前方

7. (**C**) The book was <u>so interesting</u> that the girl found it hard
to put it down.

這本書<u>太有趣了</u>，所以這女孩覺得捨不得放下來。

so…that~ 如此…以致於~

> interested〔ˈɪntrɪstɪd〕*adj.* (人) 感興趣的
> interesting〔ˈɪntrɪstɪŋ〕*adj.* (事物或人) 有趣的

依句意，修飾 the book，故選 (C) ***so interesting***。

* find〔faɪnd〕*v.* 覺得　　hard〔hɑrd〕*adj.* 困難的
put down 放下

8. (**B**) Working overseas often <u>means</u> that you have to speak
a foreign language.

到國外工作通常<u>意味著</u>，你必須會說一種外語。

動名詞當主詞視為單數，故選 (B) ***means***。

* overseas〔ˈovəˈsiz〕*adv.* 在海外
mean〔min〕*v.* 意思是　　***have to*** 必須
foreign〔ˈfɔrɪn〕*adj.* 外國的
language〔ˈlæŋgwɪdʒ〕*n.* 語言

9. (**C**) Bruce is an American and has been in Taiwan for more
than ten years.　He can speak not <u>only</u> Chinese but also
Taiwanese.　布魯斯是個美國人，他待在台灣超過十年了。

他不<u>僅</u>會說中文，也會說台語。

not only…but also~ 不僅…而且~

* American〔əˈmɛrɪkən〕*n.* 美國人
Taiwanese〔ˌtaɪwɑˈniz〕*n.* 台語

10. (**A**) Sandy and Sally are twins, but they are not like <u>each other</u>. 珊蒂和莎莉是雙胞胎，但是她們<u>彼此</u>不像。

> ***each other*** 互相
>
> 而 (B) the other「（兩者中）另一個」，(C) another 「（三者以上）另一個」，(D) both「兩者都」，均 不合句意。
>
> * twins〔twɪnz〕*n. pl.* 雙胞胎　　like〔laɪk〕*prep.* 像

11. (**B**) Please sit down and <u>read</u> the instructions carefully. 請坐下，並且仔細<u>閱讀</u>指示說明。

> and 爲對等連接詞，故空格須填原形動詞，形成祈使句， 故選 (B) ***read***。
>
> * instructions〔ɪnˈstrʌkʃənz〕*n. pl.* 指示；說明 carefully〔ˈkɛrfəlɪ〕*adv.* 仔細地；小心地

12. (**D**) My hair is darker than <u>hers</u>. 我的頭髮比<u>她的頭髮</u>黑。

> 比較要以「對等的事物」做比較，故 (A) them 及 (B) your 不合，須改爲 theirs 及 yours 才能選，而 (C) ours「我們 的頭髮」，則不合句意。故選 (D) ***hers***，在此等於 her hair。
>
> * dark〔dɑrk〕*adj.* 黑色的

13. (**B**) What a wonderful winter vacation! We don't have <u>much</u> homework.
多麼棒的寒假啊！我們沒有<u>很多</u>功課。

> homework 是不可數名詞，可用 much 及 little 來修飾， 且按照句意，選 (B) ***much***。
>
> * wonderful〔ˈwʌndəfəl〕*adj.* 很棒的

14. (**C**) Miss Li works in a fast-food restaurant in Taipei. She <u>has been</u> there since she graduated from senior high school. 李小姐在台北的一家速食店工作。她從高中畢業後，就<u>在</u>那裡了。

> 連接詞 since「自從」引導的副詞子句中，動詞時態用過去式動詞，而主要子句的動詞時態則用「現在完成式」，表示「從過去繼續到現在的動作或狀態」，故選 (C) **has been**。
>
> * **fast-food restaurant** 速食店
> graduate〔'grædʒu‚et〕 *v.* 畢業 <*from* >
> **senior high school** 高中

15. (**A**) <u>If</u> you see her, give her this important letter.
如果你看到她，把這封重要的信交給她。

> 依句意，選 (A) **If**「如果」。而 (B) Because「因為」，(C) So「所以」，(D) Although「雖然」，均不合句意。
> * letter〔'lɛtɚ〕 *n.* 信

第二部份：段落填空

Questions 16-20

We need our eyes to do a lot of things. Remember <u>to use</u>
16
enough light when you study at the desk. If you can't see <u>well</u>,
17
you should go to the eye doctor to have your eyes <u>examined</u>.
18
The doctor will write a <u>prescription</u> for you. Take it to a store
19
and buy <u>a good pair of glasses</u>.
20

　　我們需要眼睛去做很多事情。記得當你在書桌前閱讀時，要有充足的燈光。如果你看不太清楚的時候，就應該去看眼科醫生，檢查一下眼睛。醫師會開處方給你。帶著處方去眼鏡行，配一副適合的眼鏡。

> *a lot of* 許多　　remember〔rɪ'mɛmbɚ〕*v.* 記得
> light〔laɪt〕*n.* 光線　　*at the desk* 在書桌前
> *eye doctor* 眼科醫生　　*have* + *O.* + *p.p.* 使…被～

16. (**B**)　remember 的用法是：

$$\left\{\begin{array}{l}\text{remember + to V. 記得去（動作未完成）}\\\text{remember + V-ing 記得做過（動作已完成）}\end{array}\right.$$

17. (**D**)　*see well* 看得清楚（= *see clearly*）

18. (**D**)　(A) clean〔klin〕*v.* 清洗
　　　　　　(B) celebrate〔'sɛlə,bret〕*v.* 慶祝
　　　　　　(C) change〔tʃendʒ〕*v.* 改變
　　　　　　(D) *examine*〔ɪg'zæmɪn〕*v.* 檢查

19. (**C**)　(A) letter〔'lɛtɚ〕*n.* 信；字母
　　　　　　(B) sentence〔'sɛntəns〕*n.* 句子
　　　　　　(C) *prescription*〔prɪ'skrɪpʃən〕*n.* 處方
　　　　　　(D) e-mail〔'i,mel〕*n.* 電子郵件

20. (**A**)　a pair of 表「一雙；一副」，而「眼鏡」一定要用複數形glasses，故選 (A) *a good pair of glasses*（= *a pair of good glasses*）。
　　　　　　而 (B) glass〔glæs〕*n.* 玻璃杯，(D) 時髦的玻璃杯，均不合句意。fashionable〔'fæʃənəbļ〕*adj.* 時髦的

Questions 21-25

Dear Mom,

    Thank you so much <u>for</u> all the things you do for
                            21

me. To me, you are <u>the nicest</u> mother in the world.
                    22

You are busy <u>doing</u> the housework day and night, but
               23

you never <u>complain about</u> the hard work. <u>On</u> this
           24   25

special day, I wish you a happy Mother's Day.

                                     Love,
                                     Sandy

親愛的媽媽：

    感謝妳為我所做的一切。對我來說，妳是世界上最好的母親。妳總是日夜不停地忙著做家事。但妳從不抱怨這些辛苦的工作。在這特別的日子裡，我希望妳有個快樂的母親節。

                                愛妳的，
                                珊蒂

    in the world 在全世界   housework ('haʊs,wɝk) *n.* 家事
    day and night 日夜不停地   hard (hɑrd) *adj.* 辛苦的
    special ('spɛʃəl) *adj.* 特別的   wish (wɪʃ) *v.* 祝福
    Mother's Day 母親節

21. (**B**) *thank sb. for sth.* 感謝某人某事

22. (**D**) 依句意,「世上最好的母親」,故選 (D) *the nicest*。
而 (A) 最多的,(B) 最差的,(C) 最少的,皆不合句意。

23. (**B**) *be busy + V-ing* 忙於~

24. (**D**) 依句意,妳從不「抱怨」,故選 (D) *complain about*,
complain〔kəm'plen〕 *v.* 抱怨。而 (A) show off「炫燿」,
(B) be interested in「對~有興趣」,(C) be impressed by
「對~印象深刻」,皆不合句意。

25. (**A**) 「*on* + 特定日子」表「在(某日)」

第三部份:閱讀理解

Questions 26-27

奇境餐廳

晚餐特餐

湯	玉米濃湯	80元
	蔬菜湯	70元
主菜	牛排	260元
	龍蝦	480元
甜點	起士蛋糕	45元
	檸檬派	30元
飲料	白酒	180元
	紅酒	200元
	熱咖啡	65元
	冰茶	55元
	百事可樂	35元

wonderland〔ˊwʌndəˌlænd〕n. 奇境

special〔ˊspɛʃəl〕n. 特餐　　soup〔sup〕n. 湯

corn〔kɔrn〕n. 玉米　　vegetable〔ˊvɛdʒətəbḷ〕n. 蔬菜

entrée〔ˊɑntre〕n. 主菜（＝main course）

steak〔stek〕n. 牛排　　lobster〔ˊlɑstə〕n. 龍蝦

dessert〔dɪˊzɝt〕n. 餐後甜點

cheesecake〔ˊtʃizˌkek〕n. 起士蛋糕

lemon〔ˊlɛmən〕n. 檸檬　　wine〔waɪn〕n. 葡萄酒

drink〔drɪŋk〕n. 飲料　　iced〔aɪst〕adj. 冰過的

參考上面的菜單，並且根據以下的對話回答問題。

Waitress : Good evening, sir. Are you ready to order now?

Michael　: Yes, would you please give me a corn soup, and a
　　　　　　lobster.

女服務生：先生，晚安。您準備好要點餐了嗎？

麥　　可：是的，請給我一份玉米濃湯和龍蝦。

Waitress : Anything for dessert?

Michael　: Lemon pie, please.

女服務生：餐後甜點要什麼呢？

麥　　可：請給我檸檬派。

Waitress : Would you like anything to drink?

Michael　: Hot coffee, please.

女服務生：想要喝什麼飲料呢？

麥　　可：請給我熱咖啡。

Waitress : Is that all?

Michael　: How about some salad?

女服務生：就這些了嗎？

麥　　可：來些沙拉如何？

Waitress : Sorry, we don't have any salad.
Michael : That's OK.

女服務生：很抱歉，我們沒有提供沙拉。
麥　　可：沒關係。

Waitress : Anything else?
Michael : No, that's all.

女服務生：還需要什麼嗎？
麥　　可：不用了，就這樣。

> waitress〔'wetrɪs〕*n.* 女服務生
> ready〔'rɛdɪ〕*adj.* 準備好的　　order〔'ɔrdə〕*v.* 點餐
> **That's OK.** 沒關係。　　salad〔'sæləd〕*n.* 沙拉
> **That's all.** 完畢；這樣就結束了。

26. (**B**) 麥可點了什麼當晚餐？
　　　(A) 一份玉米濃湯和一份牛排。
　　　(B) <u>一份龍蝦和一杯熱咖啡。</u>
　　　(C) 一杯白酒和一份龍蝦。
　　　(D) 一份蔬菜湯和一份沙拉。

27. (**A**) 麥可的晚餐共花了多少錢？
　　　玉米湯（$80）＋龍蝦（$480）＋檸檬派（$30）
　　　＋熱咖啡（$65）＝655 元，故選 (A)。

Questions 28-30

Most people have their own names, but not all people are given names in the same way.

大部分的人都有自己的名字，但是並非所有的人都被以相同的方式來命名。

way〔we〕*n.* 方式

In the United States, children have a family name and a first name. Most also have a middle name. Some people believe that those who have died will be born again as babies. Therefore, the parents name their babies by saying the names of their ancestors（祖先）. The baby may smile or cry when a certain name is said. The parents think that it means one of the ancestors is coming back, so the baby is given that name.

在美國，每個小孩有一個姓和一個名字。大部分的小孩還有中間名。有些人認為，已經過世的人會以嬰兒的方式重生。因此，父母親藉由說出祖先的名字來命名。在說到某個名字時，小嬰兒可能會微笑或哭。父母親認為這就表示有位祖先回來了，所以小嬰兒就以那個名字為名。

family name 姓（= *last name*）
first name 名（= *given name*）　　*middle name* 中間名
believe〔bɪ'liv〕*v.* 相信；認為　　*be born* 出生
as〔æz〕*prep.* 以…身份　　therefore〔'ðɛr,fɔr〕*adv.* 因此
name〔nem〕*v.* 命名　　ancestor〔'ænsɛstɚ〕*n.* 祖先
smile〔smaɪl〕*v.* 微笑　　certain〔'sɝtn̩〕*adj.* 某個
come back 回來

In some parts of Africa, a baby's name will not be told to strangers. That's because people there believe that the name is part of the child. They believe that strangers who know the name will be able to control the child.

在非洲的某些地區，小嬰兒的名字不能告訴陌生人。那是因為那裡的人認為，名字是小孩的一部分。他們認為，知道小孩名字的陌生人，能夠控制那個小孩。

part〔pɑrt〕n. 部分　　Africa〔'æfrɪkə〕n. 非洲
stranger〔'strendʒɚ〕n. 陌生人
be part of 是～的一部分
child〔tʃaɪld〕n. 小孩　　**be able to** 能夠
control〔kən'trol〕v. 控制

28. (**A**) 何者爲眞？

(A) 人們以不同的方式爲小孩命名。

(B) 非洲人害怕爲小孩命名。

(C) 知道嬰兒的名字很重要。

(D) 我們的祖先眞的會以嬰兒的方式重生。

　 * different〔'dɪfrənt〕adj. 不同的

29. (**C**) 對於認爲祖先會回來的人，他們會如何爲嬰兒命名？

(A) 他們會等到嬰兒能夠爲自己命名。

(B) 他們會寫下許多名字，讓嬰兒自己選擇。

(C) 他們會爲嬰兒取和一位祖先相同的名字。

(D) 他們請祖先爲嬰兒命名。

　 * until〔ən'tɪl〕conj. 直到　　**write down** 寫下來

30. (**D**) 如果你去非洲某些地區，可能會發生什麼事？

(A) 你可能必須爲嬰兒命名。

(B) 你可能能夠控制嬰兒。

(C) 你可能獲得嬰兒。

(D) 你可能不知道嬰兒的名字。

Questions 31-32

Dear Santa,

How are you? I know you're very busy, especially on Christmas Eve. But can you answer some questions for me? First, why do you always climb down into the house through the chimney? Why don't you knock on the door? If you ring the doorbell, I'll open the door for you. My older brother told me that you like good kids, so you only bring gifts for them. Is it true? If it's true, you owe me one. Mom always says that I'm the best girl that she's ever seen. But I didn't get any presents from you last Christmas. Please don't forget to bring a nice gift for me this year.☺

Yours truly,
Rebecca

親愛的聖誕老公公：

你好嗎？知道你非常的忙碌，特別是在聖誕夜。可是你可以回答我一些問題嗎？第一，你為什麼總是要從人家家裡的煙囪爬下來呢？你為什麼不敲門呢？如果你按門鈴，我會為你開門的。我哥哥說，你只喜歡乖小孩，所以你只送禮物給他們。這是真的嗎？如果這是真的的話，那你就欠我一份禮物。我媽媽總是說，我是她見過最乖的女孩。可是我去年聖誕節並沒有收到你的任何禮物。今年請不要忘了送我一份好禮物喔。☺

蕾蓓卡　敬上

Santa〔'sæntə〕 *n.* 聖誕老公公（= *Santa Claus*）
especially〔ə'spɛʃəlɪ〕 *adv.* 尤其是
first〔fɝst〕 *adv.* 首先；第一點　　***climb down*** 爬下來
through〔θru〕 *prep.* 穿過；通過
chimney〔'tʃɪmnɪ〕 *n.* 煙囪　　knock〔nɑk〕 *v.* 敲
ring〔rɪŋ〕 *v.* 按（鈴）　　doorbell〔'dor,bɛl〕 *n.* 門鈴
kid〔kɪd〕 *n.* 小孩　　gift〔gɪft〕 *n.* 禮物（= *present*）
owe〔o〕 *v.* 欠　　ever〔'ɛvɚ〕 *adv.* 曾經
ast〔læst〕 *adj.* 上一次的　　***yours truly*** 敬上【用於書信結尾】

31. (**C**)　蕾蓓卡建議聖誕老公公做什麼？

　　(A) 從家裡的煙囪爬下來。　　(B) 騎腳踏車。

　　(C) 來的時候要按門鈴。

　　(D) 明年給她哥哥兩份禮物。

32. (**A**)　哪個不是蕾蓓卡的問題？

　　(A) 她能當聖誕老公公嗎？

　　(B) 為什麼聖誕老公公總是要從人家家裡的煙囪爬下來呢？

　　(C) 她為什麼去年沒有收到禮物？

　　(D) 為什麼聖誕老公公不敲門呢？

Question 33

33. (**C**)　這個告示牌是什麼意思？

　　(A) 你可以在此停車。

　　(B) 要注意穿越此地的人。

　　(C) 你不能右轉。

　　(D) 不要在此地飲食。

　　* sign〔saɪn〕 *n.* 告示牌　　park〔pɑrk〕 *v.* 停車
　　be careful of 小心；注意　　cross〔krɔs〕 *v.* 穿越
　　turn right 右轉

Questions 34-35

新新電影院

紅寶石廳

🎵🎵 月亮上的戀愛 🎵🎵

第七排七號

一○六年十一月二十日　晚上七點四十分

成人：新台幣二百五十元

---

theater〔'θiətɚ〕 *n.* 電影院　　ruby〔'rubɪ〕 *n.* 紅寶石
hall〔hɔl〕 *n.* 大廳　　moon〔mun〕 *n.* 月亮
line〔laɪn〕 *n.* 排　　*P.M.* 下午（↔*A.M.*）
adult〔ə'dʌlt〕 *n.* 成人

34. (**B**)　電影何時開始？
　　　(A) 早上七點四十分。　　(B) <u>晚上七點四十分。</u>
　　　(C) 早上十一點二十分。　(D) 晚上十一點二十分。
　　　* start〔stɑrt〕 *v.* 開始

35. (**A**)　電影票要多少錢？
　　　(A) <u>新台幣二百五十元。</u>　(B) 新台幣一百五十元。
　　　(C) 新台幣一百七十元。　　(D) 免費。
　　　* free〔fri〕 *adj.* 免費的

初級英檢模擬試題 ⑤ 詳解

閱讀能力測驗

第一部份：詞彙和結構

1. (**D**) Irene made up her mind to go on a diet because she put <u>on</u> five kilograms during her vacation in the U.S.
艾琳下定決心要節食，因為她在美國渡假期間，<u>胖</u>了五公斤。

> ***put on*** 增加
>
> * ***make up*** *one's* ***mind*** *+ to V*. 下定決心～
> ***go on a diet*** 節食
> kilogram〔'kɪlə,græm〕*n.* 公斤（= kg = kilo）
> during〔'djʊrɪŋ〕*prep.* 在…期間
> vacation〔ve'keʃən〕*n.* 假期

2. (**C**) You may take <u>off</u> your coat if you feel hot.
如果你覺得熱的話，你可以<u>脫掉</u>外套。

> ***take off*** 脫掉（↔ *put on*）
>
> * coat〔kot〕*n.* 外套

3. (**B**) The basketball player <u>passed</u> the ball to her teammate.
那名籃球選手把球<u>傳</u>給她的隊友。

> (A) shout〔ʃaʊt〕*v.* 大叫　(B) ***pass***〔pæs〕*v.* 傳遞
> (C) run〔rʌn〕*v.* 跑　　　(D) spread〔sprɛd〕*v.* 攤開
> * player〔'pleə〕*n.* 選手　teammate〔'tim,met〕*n.* 隊友

4. (**A**) Paula says the party will be <u>informal</u>, so she suggests we wear casual clothes, like jeans. 寶拉說這會是個<u>非正式</u>的宴會，所以她建議我們穿著便服，像是牛仔褲。

(A) *informal* 〔 ɪnˋfɔrml 〕 *adj.* 非正式的；不拘禮儀的

(B) serious 〔ˋsɪrɪəs 〕 *adj.* 嚴肅的

(C) sad 〔 sæd 〕 *adj.* 難過的

(D) wonderful 〔ˋwʌndəfəl 〕 *adj.* 很棒的

* suggest 〔 səˋdʒɛst 〕 *v.* 建議
  casual 〔ˋkæʒuəl 〕 *adj.* (服裝等) 非正式的
  jeans 〔 dʒinz 〕 *n. pl.* 牛仔褲

5. (**A**) Sid laughed <u>loudly</u> when I told him the joke. Everyone in the classroom could hear his laughter.

當我告訴席德這個笑話時，他笑得很<u>大聲</u>。教室裡的每個人都可以聽見他的笑聲。

(A) *loudly* 〔ˋlaʊdlɪ 〕 *adv.* 大聲地

(B) secretly 〔ˋsikrɪtlɪ 〕 *adv.* 祕密地

(C) strongly 〔ˋstrɔŋlɪ 〕 *adv.* 強烈地

(D) weakly 〔ˋwiklɪ 〕 *adv.* 虛弱地

* laugh 〔 læf 〕 *v.* 笑　　joke 〔 dʒok 〕 *n.* 笑話
  laughter 〔ˋlæftə 〕 *n.* 笑聲

6. (**B**) Becky <u>orders</u> herself an orange juice in the café before her friends arrive.

貝琪在她的朋友到達之前，在咖啡廳為自己<u>點</u>了一杯柳橙汁。

(A) change 〔 tʃendʒ 〕 *v.* 改變

(B) *order* 〔ˋɔrdə 〕 *v.* 點餐

(C) move 〔 muv 〕 *v.* 移動　　(D) wait 〔 wet 〕 *v.* 等待

* *orange juice* 柳橙汁　　café 〔 kəˋfe 〕 *n.* 咖啡廳

7. (**C**) Helen studies in a bilingual school. She <u>has been</u> there since she was 6 years old.

海倫在一所雙語學校唸書。她從六歲起就一直<u>在</u>那裡。

連接詞 since（自從）引導的副詞子句中，動詞時態用過去式，而主要子句的動詞時態則用「現在完成式」，表示「從過去持續到現在的動作或狀態」，故選 (C) ***has been***。

* bilingual〔baɪˈlɪŋgwəl〕*adj.* 雙語的

8. (**C**) The weather in summer is not only hot <u>but also</u> wet. It's hard to imagine studying in a classroom without an air conditioner. 夏天天氣<u>不僅</u>炎熱，而且潮溼。很難想像在沒有冷氣機的教室唸書。

***not only···but (also)*~** 不僅···而且~

* weather〔ˈwɛðɚ〕*n.* 天氣　　wet〔wɛt〕*adj.* 潮溼的
hard〔hɑrd〕*adj.* 困難的
imagine〔ɪˈmædʒɪn〕*v.* 想像　　***air conditioner*** 冷氣機

9. (**B**) The cafeteria was full, but Kevin saw an empty seat next to his classmate. "<u>May</u> I sit there?" Kevin asked his classmate. 自助餐廳擠滿了人，但凱文看到他同學旁邊有個空位。「我<u>可以</u>坐在那裡嗎？」凱文問他同學。

凱文是在徵求他同學的許可，故用助動詞 ***May***「可以」。而 (A) Should「應該」，(C) Would 表「客氣的請求」，(D) Qill「將要」，皆不合句意。

* cafeteria〔ˌkæfəˈtɪrɪə〕*n.* 自助餐廳
full〔fʊl〕*adj.* 客滿的　　empty〔ˈɛmptɪ〕*adj.* 空的
seat〔sit〕*n.* 座位　　***next to*** 在···旁邊

10. (**B**) Learning a second language <u>is</u> not as easy as you think. 學習第二外語不是像你想的那麼困難。

動名詞片語 Learning a second language 當主詞，視爲單數，後面須接單數 be 動詞，故選 (B)。

　　　　* language〔'læŋgwɪdʒ〕n. 語言
　　　　second language　（在母語以外所學的）第二語言

11. (**C**) Nick, no one can help you with this problem.　You
　　　should try to solve it by <u>yourself</u>.
　　　尼克，沒有人可以幫你解決這個問題。你應該試著<u>自己</u>解決。

　　　　by oneself　獨力；靠自己

　　　　* **help** sb. **with** sth.　幫助某人某事
　　　　problem〔'prɑbləm〕n. 問題　　solve〔salv〕v. 解決

12. (**B**) Paul will drive his car and Mandy will drive <u>hers</u>.
　　　保羅將開他的車，曼蒂將開<u>她的車</u>。

　　　　…Mandy will drive *her car*.
　　　　= …Mandy will drive *hers*.

　　　　所有格代名詞用來代替「所有格＋名詞」，以避免重複
　　　　前面已提過的名詞。

13. (**A**) Please look before crossing the road and <u>walk</u> across the
　　　street quickly.
　　　請在穿越馬路之前看一看，並且快速<u>走過</u>街道。

　　　　本句為祈使句，省略主詞 you，而 and 為對等連接詞，前
　　　　後連接的兩個動詞，形式要一致，look 為原形動詞，故空
　　　　格須填一原形動詞，選 (A) **walk**。

　　　　* cross〔krɔs〕v. 橫越　　across〔ə'krɔs〕prep. 橫越

14. (**D**) Jessie has two sons; one works in the post office, and
　　　<u>the other</u> works in the hospital.
　　　潔西有兩個兒子；一個在郵局工作，<u>另一個</u>在醫院工作。

　　　　one…**the other**~　（兩者之中）一個…另一個~
　　　　* **post office**　郵局　　hospital〔'hɑspɪtḷ〕n. 醫院

15. (**D**) Matt and Jen usually <u>go</u> to the library after school, but they didn't go there today.

麥特和貞通常在放學後<u>去</u>圖書館，但是今天他們沒有去。

由頻率副詞 usually 可知，「下課後去圖書館」是習慣性的行爲，故動詞要用「現在簡單式」，選 (D) *go*。

* library〔'laɪˌbrɛrɪ〕*n.* 圖書館　　*after school* 放學後

第二部份：段落填空

Questions 16-20

　　Dogs have been man's good friend for thousands of years. There are many <u>stories</u> about brave dogs helping people in
　　　　　　　　16
danger. <u>With</u> their help, many people lost in the mountains
　　　　17
found their way home. Dogs can be stars, too. A dog called

Lassie was the star of a popular <u>movie</u>.
　　　　　　　　　　　　　18

　　數千年以來，狗就一直是人類的好朋友。有很多關於勇敢的狗，幫助人們脫離險境的故事。很多在山上迷路的人，因爲有狗的幫忙，才能順利找到回家的路。狗也可以當明星。有一隻叫萊西的狗，就曾經是一部賣座電影的明星。

man〔mæn〕*n.* 人類【集合名詞，表全體】
thousands of 數以千計的　　brave〔brev〕*adj.* 勇敢的
in danger 在危險中　　lost〔lɔst〕*adj.* 迷路的
in the mountains 在山中　　star〔star〕*n.* 明星
call〔kɔl〕*v.* 稱爲；叫做
popular〔'pɑpjələ〕*adj.* 受歡迎的

Dogs can hear and smell better than man, but they can't see

so <u>well</u>. A dog lives about 12 or 13 years. A <u>thirteen-year-old</u>
    19   20

child has not grown up yet, but a dog of that age is very old.

狗的聽覺跟嗅覺都比人類好，但是視覺就沒那麼好了。一隻狗的壽
命大概有十二到十三年。一個十三歲的小孩還沒發育完全，但是一隻相
同年紀的狗可就非常老了。

smell〔smɛl〕v. 聞；能分辨氣味　　***grow up*** 長大
not…yet 尚未　　age〔edʒ〕n. 年紀

16. (**A**)　(A) ***story***〔'storɪ〕n. 故事
　　　　　(B) zoo〔zu〕n. 動物園
　　　　　(C) picture〔'pɪktʃɚ〕n. 圖畫；照片
　　　　　(D) opportunity〔͵ɑpɚ'tjunətɪ〕n. 機會

17. (**C**)　介系詞 ***With*** 表「有」。

18. (**B**)　(A) store〔stor〕n. 商店
　　　　　(B) ***movie***〔'muvɪ〕n. 電影
　　　　　(C) restaurant〔'rɛstərənt〕n. 餐廳
　　　　　(D) computer〔kəm'pjutɚ〕n. 電腦

19. (**C**)　依句意，相較之下，狗的視力沒那麼「好」，須用副詞
　　　　　well 來修飾動詞 see，選 (C)。
　　　　　而 (A) 須改為 clearly「清楚地」。

20. (**C**)　表示「…歲的」的複合形容詞中，單位名詞須用單數。
　　　　　⎰ a thirteen-***year***-old child（一個十三歲的孩子）
　　　　　⎱ = a child who is thirteen ***years*** old

Questions 21-25

Scott and I agreed to meet <u>at</u> 8:00 this morning, but he didn't
                           21

show up until 9:00. "I've been waiting here for an hour," I said.

"This is the third <u>appointment</u> you've been late for this month."
                    22

Then I asked him if he was sorry, but he shook his head. "So I

was late," he said. "So what?" Then he walked away. Since

then, I <u>have been</u> very upset. In fact, I'm not sure I can be
         23

Scott's friend anymore. I <u>think</u> I'll go over to his house and <u>tell</u>
                           24   25

him that now.

　　史卡特和我同意在今天早上八點鐘見面,可是他直到九點才出現。
「我已經在這裡等了一個小時,」我說。「這是你這個月第三次約會遲
到了。」然後我問他是不是覺得很抱歉,但他卻搖搖頭。「我就是遲到
了,」他說。「那又怎麼樣?」然後就走開了。從那時候起,我就非常
地不高興。事實上,我已經不知道要不要再把史考特當朋友看了。我想
我要去他家,現在就跟他說清楚。

agree〔ə'gri〕v. 同意　　　**show up** 出現
until〔ən'tɪl〕prep. 直到　　**not…until~** 直到~才…
late〔let〕adj. 遲到的　　if〔ɪf〕conj. 是否
sorry〔'sɔrɪ〕adj. 抱歉的
shake〔ʃek〕v. 搖【三態變化為:shake-shook-shaken】
shake *one's* **head** 搖頭【表示不同意】
So what? 那又怎麼樣?　　since〔sɪns〕prep. 自從
upset〔ʌp'sɛt〕adj. 不高興的　　**in fact** 事實上
not…anymore 不再　　**go over to** 前往

21. (**A**) 「在」八點鐘，介系詞用 *at*。

22. (**B**) (A) chance〔tʃæns〕*n.* 機會
    (B) *appointment*〔ə'pɔɪntmənt〕*n.* 約會
    (C) question〔'kwɛstʃən〕*n.* 問題
    (D) review〔rɪ'vju〕*n.* 複習；評論

23. (**B**) 從 since「自從」可知，動詞時態須用「現在完成式」，表示「從過去持續到現在的動作或狀態」，又主詞是 I，故選 (B) *have been*。

24. (**C**) 由 now 可知，須用「現在式」，且主詞是 I，故選 (C) *think*。

25. (**D**) and 為對等連接詞，go 為原形動詞，故空格也應填原形動詞，選 (D) *tell*。

第三部份：閱讀理解

Questions 26-27

什麼活動："P" 派對
為 什 麼：慶祝瑞秋搬新家
什麼時候：八月九日，星期五晚上，九點鐘
什麼地方：瑞秋的新家
怎 麼 玩：扮演 P 字母開頭的角色

celebrate〔'sɛlə,bret〕*v.* 慶祝　　move〔muv〕*v.* 搬家
role〔rol〕*n.* 角色　　*start with* 以～開始
letter〔'lɛtɚ〕*n.* 字母

26. (**B**) 派對 _____ 。

(A) 將在星期五晚上舉行　　(B) 將在瑞秋的新家舉行

(C) 是為了瑞秋的生日而舉辦　(D) 將在九月舉行

* hold〔hold〕v. 舉行

27. (**C**) 何者為眞？

(A) 瑞秋要舉辦派對，是為了向她的朋友道別。

(B) 你可以裝扮成「老師」或「烏龜」。

(C) 你可以裝扮成「披薩外送員」或「馬鈴薯」。

(D) 任何參加派對的人必須自己帶食物。

* dress〔drɛs〕v. 裝扮　　as〔æz〕prep. 像是
turtle〔'tɜtḷ〕n. 烏龜　　pizza〔'pitsə〕n. 披薩
deliveryman〔dɪ'lɪvərɪmən〕n. 送貨員
potato〔pə'teto〕n. 馬鈴薯

Questions 28-29

早安！

這是凱莉老師在伯靈頓小學的英文一課程。

今天是九月九日，星期三。

課堂規定

1. 準時上課。
2. 舉手回答問題。
3. 專心聽老師講課。
4. 要做功課。

Ms. 〔mɪz〕 *n.* 女士　　*elementary school* 小學

rule 〔rul〕 *n.* 規定　　*on time* 準時

raise 〔rez〕 *v.* 舉起　　*pay attention to* 注意

homework 〔'hom,wɝk〕 *n.* 功課；家庭作業

28. (**A**) 老師是誰？

(A) 凱莉<u>女士</u>。　　　　(B) 凱莉先生。

(C) 史都華女士。　　　　(D) 史都華先生。

29. (**C**) 這位英文老師不希望她的學生

(A) 舉手回答問題。　　　　(B) 穿便服上課。

(C) <u>上課遲到</u>。　　　　(D) 做自己的作業。

* casual 〔'kæʒuəl〕 *adj.* (服裝) 隨便的；非正式的

  in class 在課堂上

  assignment 〔 ə'saɪnmənt 〕 *n.* 作業

Questions 30-32

Dear Ann,

　　My problem is my father is never home. He is a sales representative, and he is always going to the airport, or the train station, or the bus station. He is working in Kaohsiung this week. Next week he is going to Hualien. When my father *is* at home, he is tired, or he is working in his office. What can I do?

<u>Lonely</u> Son in Taipei

親愛的安：

　　我的問題是我爸爸從來不在家。他是業務代表，而且總是要去機場，或是火車站，或是客運車站。他這星期在高雄工作。下星期要去花蓮。當他**真的**在家的時候，不是很累，就是在辦公室工作。我要怎麼辦呢？

台北一個<u>孤單</u>的<u>兒子</u>

sales〔selz〕*adj.* 銷售的
representative〔ˌrɛprɪˈzɛntətɪv〕*n.* 代表
sales representative 業務代表　　airport〔ˈɛrˌport〕*n.* 機場
tired〔taɪrd〕*adj.* 疲累的　　office〔ˈɔfɪs〕*n.* 辦公室
lonely〔ˈlonlɪ〕*adj.* 孤單的　　son〔sʌn〕*n.* 兒子

30. (**D**) 小男孩的問題是什麼？

(A) 他爸爸失業。　　　　(B) 他爸爸媽媽彼此不相愛。

(C) 他爸爸害怕搭飛機。

(D) <u>他爸爸努力工作，很少花時間跟他相處。</u>

* lose〔luz〕*v.* 失去　　job〔dʒɑb〕*n.* 工作
each other 彼此　　***be afraid to*** + *V.* 害怕
plane〔plen〕*n.* 飛機

31. (**C**) 他爸爸下星期要做什麼？

(A) 他要去美國出差。　　(B) 他要和他的小孩去花蓮渡假。

(C) <u>他要去花蓮販售公司的商品。</u>

(D) 他要待在台北，一整個禮拜都和家人在一起。

* ***on business*** 因為公事；出差
holiday〔ˈhɑləˌde〕*n.* 假期　　goods〔gʊdz〕*n. pl.* 商品
company〔ˈkʌmpənɪ〕*n.* 公司　　stay〔ste〕*v.* 停留
whole〔hol〕*adj.* 整個的

32. (**A**) 第九行裡的 "lonely" 意思是 _____ 。

(A) 不快樂的　(B) 興奮的　(C) 外向的　(D) 飢餓的

* line〔laɪn〕n. 行　excited〔ɪkˈsaɪtɪd〕adj. 興奮的
  outgoing〔ˈaʊtˌɡoɪŋ〕adj. 外向的

Questions 33-35

Children and grownups enjoy playing with kites. There are a lot of kite festivals and competitions in China and many other countries. But kites are not just playthings. They can be useful in many other ways.

大人和小孩都喜歡玩風箏。在中國跟許多其他國家，都有很多關於風箏的節日跟競賽。但是風箏可不只是玩具。它們在其他許多方面也很有用處。

grownup〔ˈɡronˌʌp〕n. 成人　**play with** 把玩
kite〔kaɪt〕n. 風箏　festival〔ˈfɛstəvḷ〕n. 節慶
competition〔ˌkɑmpəˈtɪʃən〕n. 比賽
country〔ˈkʌntrɪ〕n. 國家　plaything〔ˈpleˌθɪŋ〕n. 玩具
useful〔ˈjusfəl〕adj. 有用的　way〔we〕n. 方面

Kite flying has been popular in China for more than two thousand years. Scientists have been interested in kites for a long time. They have used them for studying the weather and for testing new kinds of flying machines. Today scientists have created many new kinds of kites. Some of these can pull boats or lift a man easily.

兩千多年來，放風箏在中國都一直很受歡迎。科學家長久以來都對風箏很有興趣。他們利用風箏研究氣候及測試新型的飛行器。現今科學家已經發明了很多新型的風箏。有些可以拉船，或者將一個人輕易地舉起來。

fly〔flaɪ〕v. 放（風箏）　China〔ˈtʃaɪnə〕n. 中國
more than 超過（= over）　scientist〔ˈsaɪəntɪst〕n. 科學家

be interested in 對～有興趣　　study〔ˋstʌdɪ〕*v.* 研究
test〔tɛst〕*v.* 測試　　*flying machine* 飛行器
create〔krɪˋet〕*v.* 創造　　pull〔pʊl〕*v.* 拉
boat〔bot〕*n.* 船　　lift〔lɪft〕*v.* 舉起
easily〔ˋizɪlɪ〕*adv.* 輕易地

Some kites are really beautiful works of art. People are interested in kites because kite flying is both an art and a science. Most important of all, it is fun.

有些風箏眞的是美麗的藝術品。人們對風箏有興趣，是因爲放風箏，不只是種藝術，也是科學。最重要的是，放風箏很好玩。

work〔wɝk〕*n.* 作品　　art〔ɑrt〕*n.* 藝術
science〔ˋsaɪəns〕*n.* 科學
most important of all 最重要的是　　fun〔fʌn〕*adj.* 好玩的

33. (**D**) ＿＿＿＿＿＿＿＿ 喜歡風箏。

　　(A) 小孩
　　(B) 只有中國的小孩跟大人
　　(C) 大人
　　(D) <u>許多國家各種不同年齡的人</u>
　　* adult〔əˋdʌlt〕*n.* 成人　　*of all ages* 各種不同年齡的

34. (**B**) 人們沒有使用風箏來 ＿＿＿＿＿＿＿＿ 。

　　(A) 得知天氣的變化
　　(B) <u>當作旅遊各國的方式</u>
　　(C) 研究新機器
　　(D) 當作空閒時好玩的活動
　　* change〔tʃendʒ〕*n.* 改變　　travel〔ˋtrævl̩〕*v.* 旅行
　　from country to country 到各個國家
　　activity〔ækˋtɪvətɪ〕*n.* 活動　　*free time* 空閒時間

35. (**B**) 人們對風箏感興趣是因爲 ＿＿＿＿＿＿＿＿ 。

　　(A) 風箏很貴
　　(B) <u>風箏在科學方面很有用</u>
　　(C) 放風箏是不錯的運動
　　(D) 風箏是中國人發明的
　　* expensive〔ɪkˋspɛnsɪv〕*adj.* 昂貴的
　　exercise〔ˋɛksəˌsaɪz〕*n.* 運動　　invent〔ɪnˋvɛnt〕*v.* 發明
　　the Chinese 中國人

初級英檢模擬試題⑥詳解

閱讀能力測驗

第一部份：詞彙和結構

1. (**A**) The old picture <u>reminded</u> me of my happy childhood in the countryside.

這張舊照片<u>使</u>我<u>回想起</u>在鄉下渡過的快樂童年。

    (A) ***remind*** 〔 rɪˋmaɪnd 〕 *v.* 使想起

    remind sb. ***of*** sth. 使某人想起某事

    (B) remember 〔 rɪˋmɛmbɚ 〕 *v.* 記得

    (C) record 〔 rɪˋkɔrd 〕 *v.* 記錄

    (D) return 〔 rɪˋtɝn 〕 *v.* 歸還

    * picture 〔ˋpɪktʃɚ〕 *n.* 照片
    childhood 〔ˋtʃaɪld͵hʊd〕 *n.* 童年
    countryside 〔ˋkʌntrɪ͵saɪd〕 *n.* 鄉下

2. (**B**) Could we have the <u>menu</u>, please? We'd like to order now. 請給我們<u>菜單</u>，好嗎？我們現在想要點餐。

    (A) mouse 〔 maʊs 〕 *n.* 老鼠；滑鼠

    (B) ***menu*** 〔ˋmɛnju〕 *n.* 菜單

    (C) machine 〔 məˋʃin 〕 *n.* 機器

    (D) message 〔ˋmɛsɪdʒ〕 *n.* 訊息

    * ***would like to*** + *V.* 想要   order 〔ˋɔrdɚ〕 *v.* 點餐

3. (**D**) Don't watch that TV show. It would be a <u>waste</u> of time.

別看那個電視節目。那會<u>浪費</u>時間。

    (A) space 〔 spes 〕 *n.* 空間

    (B) while 〔 hwaɪl 〕 *n.* 一會兒

(C) moment〔'momənt〕*n.* 片刻

(D) *waste*〔west〕*n.* 浪費

* show〔ʃo〕*n.* 節目

4. (**A**) Salesman：Would you like the blue skirt or the red one?
Elizabeth：I have no idea. I can't <u>make</u> up my mind.
售 貨 員：妳想要藍色的裙子，或是紅色的？
伊莉莎白：我不知道。我無法<u>決定</u>。

make up one's mind 下定決心

* salesman〔'selzmən〕*n.* 售貨員
skirt〔skɝt〕*n.* 裙子
I have no idea. 我不知道。(= *I don't know.*)

5. (**D**) Stop showing off—we all know <u>how clever you are</u>!
別再炫耀了──我們都知道你有多聰明！

名詞子句 *how* + *adj.* + *S* + *V.*。(B) 要改 what <u>a</u> clever
person you are。　*show off* 炫耀
* *stop* + *V-ing* 停止做 ~　clever〔'klɛvɚ〕*adj.* 聰明的

6. (**B**) You must be <u>gentle</u> when you're holding a little baby.
當你在抱小嬰兒時，必須要<u>溫柔</u>。

(A) strict〔strɪkt〕*adj.* 嚴格的
(B) *gentle*〔'dʒɛntl̩〕*adj.* 溫柔的
(C) smart〔smɑrt〕*adj.* 聰明的
(D) natural〔'nætʃərəl〕*adj.* 自然的
* hold〔hold〕*v.* 抱著　baby〔'bebɪ〕*n.* 嬰兒

7. (**C**) I can't believe that Zoe is cooking today. She <u>seldom</u>
does the cooking at home.
我不敢相信柔伊今天要煮飯。她<u>很少</u>在家裡做飯。

按照句意，柔伊煮飯是出乎意料之外的事情，故選 (C)
seldom「很少」，表示她做飯的頻率很低。

而 (A) always「總是」，(B) usually「通常」，
(D) finally「最後」，均不合句意。

* believe〔bɪ'liv〕*v.* 相信
  cook〔kʊk〕*v.* 煮飯 (= *do the cooking*)

8. (**A**) I met Susie when I was in the U.S. We always send
   <u>each other</u> Christmas cards.
   我在美國認識蘇西。我們總是<u>互相</u>寄聖誕卡。

   each other 互相
   (B) another「（三者以上）另一個」，(C) the other「（兩
   者中）另一個」，(D) both「兩者都」，均不合句意。
   * meet〔mit〕*v.* 認識   send〔sɛnd〕*v.* 寄
     Christmas〔'krɪsməs〕*n.* 聖誕節
     card〔kɑrd〕*n.* 卡片

9. (**D**) My parents don't let us <u>watch</u> TV after 10 o'clock.
   我父母不讓我們在十點鐘以後<u>看</u>電視。

   let 為使役動詞，接受詞後，須接原形動詞。

10. (**D**) Laura didn't have lunch until two o'clock this afternoon.
    Right now she <u>is having</u> beef noodles.
    蘿拉今天直到下午兩點鐘才吃午餐。現在她<u>正在吃牛肉麵</u>。

    從時間副詞 right now 可知，吃牛肉麵是正在進行的
    動作，故動詞時態用「現在進行式」。
    * until〔ən'tɪl〕*prep.* 直到   ***not…until*~** 直到～才…
      right now 現在   have〔hæv〕*v.* 吃
      beef noodles 牛肉麵

11. (**B**) Eddie's handwriting is so poor <u>that</u> his teacher cannot accept his papers.

艾迪的字跡太潦草了，<u>所以</u>他的老師無法接受他的報告。

> ***so…that~*** 如此…以致於~
> * handwriting〔'hænd,raɪtɪŋ〕*n.* 筆跡
>   poor〔pʊr〕*adj.* 差勁的
>   accept〔ək'sɛpt〕*v.* 接受
>   paper〔'pepɚ〕*n.* 報告

12. (**C**) <u>As soon as</u> I came home, Little Spot ran to me and welcomed me home.

我<u>一</u>回到家，小花<u>就</u>跑向我，歡迎我回家。

> ***as soon as*** 一…就~（連接詞片語）
> 而 (A) before「在~之前」，(B) by the way「順便一提」，(D) after all「畢竟」，句意及文法均不合。
> * spot〔spɑt〕*n.* 斑點
>   welcome〔'wɛlkəm〕*v.* 歡迎

13. (**D**) I <u>used to</u> live in Taipei, but now I live in Taichung.

我<u>以前</u>住在台北，但是現在我住在台中。

> ***used to*** + 原形 ***V.*** 以前
> 而 (B)(C) be 動詞 + used to + V-ing 表「習慣於」，則用法不合。

14. (**C**) Sarah was not <u>interested</u> in fashion news at all.

莎拉對流行資訊一點都不<u>感興趣</u>。

> (A) interesting〔'ɪntrɪstɪŋ〕*adj.* 有趣的
> (B) interest〔'ɪntrɪst〕*v.* 使感興趣
> (C) ***interested***〔'ɪntrɪstɪd〕*adj.* 感興趣的 < *in* >

(D) interest〔ˈɪntrɪst〕 n. 興趣 < in >

* not…at all 一點也不
fashion〔ˈfæʃən〕 n. 流行;時尚
news〔njuz〕 n. 新聞

15. (**B**) <u>As long as</u> you take enough rest, you will get better.
只要你有足夠的休息,健康情況就會好轉。

as long as 只要(連接詞片語)

而 (A) although「雖然」,(C) even if「即使」,均不合
句意,(D) that 不能引導副詞子句,故用法不合。

* rest〔rɛst〕 n. 休息　　**take a rest** 休息
better〔ˈbɛtɚ〕 adj. (健康情況)有所好轉的(well 的比較
級)

第二部份:段落填空

Questions 16-20

I <u>attend</u> a nice junior high school in Taipei. My school is
<u>16</u>
very close to the sea, so in my biology class, we often <u>take</u> trips
<u>17</u>
to the <u>sea</u> to study the fish life. Students and teachers from other
<u>18</u>
places in Taiwan come to visit my school very often, because it
is a very special school. We are good in many different <u>subjects</u>,
<u>19</u>
especially math and science. We have won awards in many
math competitions and science exhibitions. I'm so proud <u>to be</u>
<u>20</u>
a student at my school.

　　我就讀台北一所很好的國中。我的學校非常靠近海邊，所以上生物課時，我們常常前往海邊，研究魚類。經常有來自台灣其他地方的學生跟老師，來參觀我們的學校，因為這是一所非常特別的學校。我們在很多不同的學科都表現得很好，特別是數理方面。我們在許多數學競賽與科展都得過獎。我非常以身為這所學校的學生為榮。

close〔klos〕*adj.* 接近的 *< to >*
biology〔baɪˈɑlədʒɪ〕*n.* 生物　　study〔ˈstʌdɪ〕*v.* 研究
life〔laɪf〕*n.* 生物　　visit〔ˈvɪzɪt〕*v.* 參觀
special〔ˈspɛʃəl〕*adj.* 特別的
different〔ˈdɪfrənt〕*adj.* 不同的
especially〔əˈspɛʃəlɪ〕*adv.* 特別是
science〔ˈsaɪəns〕*n.* 科學　　win〔wɪn〕*v.* 贏得
award〔əˈwɔrd〕*n.* 獎　　competition〔ˌkɑmpəˈtɪʃən〕*n.* 比賽
exhibition〔ˌɛksəˈbɪʃən〕*n.* 展覽

16. (**B**)　(A) arrive〔əˈraɪv〕*v.* 到達
　　　　　　(B) ***attend***〔əˈtɛnd〕*v.* 上（學）
　　　　　　(C) agree〔əˈgri〕*v.* 同意
　　　　　　(D) appear〔əˈpɪr〕*v.* 出現

17. (**A**)　***take a trip*** 去旅行（= *make a trip* = *go on a trip*）

18. (**C**)　依句意，學校靠近海邊，所以生物課到「海」邊研究魚類，故選 (C) *sea*。而 (A) museum〔mjuˈziəm〕*n.* 博物館，(B) mountains〔ˈmauntn̩〕*n.* 山，(D) sky〔skaɪ〕*n.* 天空，均不合句意。

19. (**D**)　(A) lesson〔ˈlɛsn̩〕*n.* 課程
　　　　　　(B) subway〔ˈsʌbˌwe〕*n.* 地下鐵
　　　　　　(C) game〔gem〕*n.* 遊戲；比賽
　　　　　　(D) ***subject***〔ˈsʌbdʒɪkt〕*n.* 科目

20. (**A**) {
   be proud to + *V*. 以…爲榮；以…爲傲
   be proud of + *V-ing*

Questions 21-25

No one can learn a language well <u>without</u> a good dictionary.
                            21

It is an important tool and it will tell you <u>not only</u> what a word
                                 22

means but also how it is used. As a language changes with time,

a good dictionary needs <u>to be changed</u> about every ten years. A
                        23

good dictionary will tell you many interesting facts, like the

pronunciation and meanings of a word. It will also tell you how

a simple word can be used <u>in</u> different ways. So before you use
                        24

a dictionary, <u>be</u> sure to read the front part to learn how to use it
      25

well.

要學好一種語言，沒有一本好的字典是不可能的。它是個重要的工具，它不只會告訴你字的意思，還告訴你字的用法。語言會隨著時間而改變，因此一本好的字典，大概每十年就要改版一次。一本好的字典會告訴你很多有趣的資料，如字的發音跟意思。它也會告訴你一個簡單的字不同的用法。所以當你使用一本字典前，務必先閱讀前言部分，以了解要如何好好的運用。

language〔ˈlæŋgwɪdʒ〕 *n.* 語言
dictionary〔ˈdɪkʃənˌɛrɪ〕 *n.* 字典
important〔ɪmˈpɔrtn̩t〕 *adj.* 重要的
tool〔tul〕 *n.* 工具   mean〔min〕 *v.* 意思是
as〔æz〕 *conj.* 因爲   change〔tʃendʒ〕 *v.* 改變

> **with time** 隨著時間　　about〔ə'baʊt〕prep. 大約
> **every ten years** 每隔十年　　fact〔fækt〕n. 事實
> pronunciation〔prəˌnʌsɪ'eʃən〕n. 發音
> meaning〔'minɪŋ〕n. 意思　　simple〔'sɪmpl̩〕adj. 簡單的
> way〔we〕n. 方式　　front〔frʌnt〕adj. 前面的
> part〔pɑrt〕n. 部分　　learn〔lɜn〕v. 知道

21.(**D**)　依句意，若是「沒有」好的字典，就無法把語言學好，須用
　　　　　　介系詞 **without**，選 (D)。

22.(**A**)　**not only…but also~**　不僅…，而且~

23.(**D**)　按照句意，字典需要「被改編」，故用不定詞的被動語態，
　　　　　　「to be + p.p.」的形式，選 (D) **to be changed**。

24.(**C**)　「用」~方法，選 (C) **in**。

25.(**C**)　此為祈使句的句型，即以原形動詞開頭，故選 (C) **be sure
　　　　　　to** + V.「務必要~」。

第三部份：閱讀理解

Questions　26-27

26.(**A**)　這個告示牌是什麼意思？

　　　　(A) 你必須注意小孩。
　　　　(B) 你必須穿越街道。
　　　　(C) 你可以開快車。
　　　　(D) 你不能單獨行走。

　　　　* sign〔saɪn〕n. 告示牌　　watch〔wɑtʃ〕v. 注意看 <for>
　　　　　cross〔krɔs〕v. 穿越　　quickly〔'kwɪklɪ〕adv. 快速地
　　　　　alone〔ə'lon〕adv. 獨自

27. (**B**) 你在哪裡最有可能看到此告示牌？

(A) 動物園附近。　　　(B) <u>學校附近。</u>

(C) 機場附近。　　　　(D) 停車場附近。

* likely〔ˈlaɪklɪ〕 *adv.* 可能　　airport〔ˈɛrˌport〕 *n.* 機場
parking lot 停車場

Questions 28-30

　　以下的圖表顯示，不同的年齡層，籃球球迷與羽毛球球迷人數多少的百分比。仔細分析此折線圖，並回答問題。

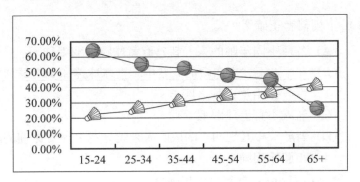

following〔ˈfɑləwɪŋ〕 *adj.* 下列的

chart〔tʃɑrt〕 *n.* 圖表　　show〔ʃo〕 *v.* 顯示

percentage〔pɚˈsɛntɪdʒ〕 *n.* 百分比

fan〔fæn〕 *n.* (電影、運動等的) 迷

badminton〔ˈbædmɪntən〕 *n.* 羽毛球

age〔edʒ〕 *n.* 年齡　　group〔grup〕 *n.* 群；團體

age group 年齡層　　graph〔græf〕 *n.* 圖表

line graph 折線圖　　carefully〔ˈkɛrfəlɪ〕 *adv.* 仔細地

28. (**A**) 哪個年齡層的籃球迷人數最多？

(A) <u>十五至二十四歲。</u>　　(B) 三十五至四十四歲。

(C) 五十五至六十四歲。　　(D) 六十五歲以上。

* among〔ə'mʌŋ〕*prep.* 在…之中

　 number〔'nʌmbɚ〕*n.* 數量

29. (**D**) 這張圖表顯示，羽毛球在 _____ 的年齡層最受歡迎。

(A) 十五至二十四歲　　(B) 三十五至四十四歲

(C) 五十五至六十四歲　　(D) <u>六十五歲以上</u>

30. (**B**) 下列何者正確？

(A) 各種不同年齡的人，皆喜歡籃球勝於羽毛球。

(B) <u>在十五至二十四歲的人當中，籃球球迷和羽毛球球迷的</u>
　　<u>百分比相差百分之四十。</u>

(C) 老人不打籃球跟羽毛球。

(D) 對於三十五到四十四歲的人來說，羽毛球受歡迎的程度
　　和籃球相同。

* ***of all ages*** 各種不同年齡的

　 difference〔'dɪfərəns〕*n.*（數量）差距

　 point〔pɔɪnt〕*n.* 點數　　***as***…***as*** ～　和～一樣…

Questions 31-32

From:	peter7788@hotmail.com
To:	bbecky@aol.com
Subject:	My homepage is coming soon!

Dear Rebecca,

How's everything with you now? Well, I'm now working on my homepage on the Web. I plan to open it on September 1st, and the address of this wonderful site is http://www.gept.idv.tw. You know, a lot of information about music and movies, which are my hobbies, will be available. I also hope to make many links. Why don't you pop in to my page? I can't wait to know your opinions.

Have a nice day!

Peter

寄件者：	peter7788@hotmail.com
收件者：	bbecky@aol.com
主　旨：	My homepage is coming soon!

親愛的蕾貝卡：

妳現在一切還好嗎？嗯，我現在正在架設我的網頁。我預計九月一日上線，這超棒的網站的網址是 http://www.gept.idv.tw.。妳知道我的嗜好是音樂與電影，網站上會有很多這方面的資訊。我希望會有很

多的友站連結。妳何不瀏覽一下我的網站？我迫不
及待想知道妳的意見。

祝妳有美好的一天！

彼得

subject〔'sʌbdʒɪkt〕*n.* 主題
homepage〔'hom'pedʒ〕*n.* 網站首頁　　***work on*** 致力於
Web〔wɛb〕*n.* 網路（= *Internet* = *Net*）
plan〔plæn〕*v.* 計畫　　open〔'opən〕*v.* 開放
address〔ə'drɛs〕*n.* 地址（這裡指「網址」）
wonderful〔'wʌndəfəl〕*adj.* 很棒的
site〔saɪt〕*n.* 網站（= *website*）
information〔ˌɪnfə'meʃən〕*n.* 資訊
hobby〔'hɑbɪ〕*n.* 嗜好
available〔ə'veləbḷ〕*adj.* 可獲得的
link〔lɪŋk〕*n.* 連結　　***pop in*** 順道拜訪
page〔pedʒ〕*n.* 網站首頁【指 homepage】
can't wait to + *V.* 等不及要～　　opinion〔ə'pɪnjən〕*n.* 意見

31.(**C**)　關於彼得的網頁，何者正確？

　　(A) 網頁是關於他的學校生活。
　　(B) 網頁已經開放了四個月。
　　(C) 網頁預定在九月開放。
　　(D) 網頁有關於學英文的資訊。
　　* schedule〔'skɛdʒul〕*v.* 預定

32.(**A**)　電子郵件裡的片語 "pop in" 意思是 ＿＿＿＿＿＿。

　　(A) 拜訪　　　　　　　(B) 發出聲音
　　(C) 跳躍　　　　　　　(D) 預看

* phrase〔frez〕 *n.* 片語　　e-mail〔'i,mel〕 *n.* 電子郵件
sound〔saʊnd〕 *n.* 聲音　　jump〔dʒʌmp〕 *v.* 跳
preview〔'pri,vju〕 *v.* 預看

Questions 33-35

　　Do you know the story about where the word "hamburger" came from? Almost a hundred years ago, some Germans came to the United States. One day when they were cooking some round pieces of beef, some Americans saw them and asked them what they were making. Because those Germans did not understand the question, they thought the Americans were asking them where they came from. They answered, "Hamburg."

　　你知道「漢堡」這個字的由來嗎？大約在一百年前，有些德國人來到了美國。有一天，當他們在煮一些圓形牛肉片的時候，有些美國人看到，就問他們在煮什麼。因為那些德國人聽不懂問題，以為美國人在問他們是哪裡來的，於是他們就回答：「漢堡。」

hamburger〔'hæmbɝgɚ〕 *n.* 漢堡
almost〔'ɔl,most〕 *adv.* 幾乎　　German〔'dʒɝmən〕 *n.* 德國人
one day 有一天　　round〔raʊnd〕 *adj.* 圓形的
piece〔pis〕 *n.* 片　　beef〔bif〕 *n.* 牛肉
understand〔,ʌndɚ'stænd〕 *v.* 了解
Hamburg〔'hæmbɝg〕 *n.* 漢堡【德國的城市】

　　One of the Americans was a restaurant owner. He knew that many Americans loved to eat sandwiches, so he put the round pieces of cooked beef in buns. He called his sandwiches hamburgers. Today, hamburgers are still very popular in fast-food restaurants and people around the world know what hamburgers are.

這些美國人當中，有一個是餐廳老闆。他知道很多美國人愛吃三明治，他就把煎好的圓形牛肉片夾在小圓麵包裡。他稱這種三明治為漢堡。現在，漢堡在速食店仍然很受歡迎，而且全世界的人都知道漢堡是什麼。

restaurant〔'rɛstərənt〕n. 餐廳　　owner〔'onɚ〕n. 老闆
sandwich〔'sændwɪtʃ〕n. 三明治
cooked〔kʊkt〕adj. 煮好的
bun〔bʌn〕n. 小圓麵包【這裡是指漢堡包】
call〔kɔl〕v. 稱　　popular〔'pɑpjələ〕adj. 受歡迎的
fast-food restaurant 速食店　　*around the world* 在全世界

33. (**D**)　誰先製造漢堡的？

(A) 漢堡先生。　　　　(B) 一位在漢堡的美國人。
(C) 德國先生。　　　　(D) 開餐廳的一位美國人。

* own〔on〕v. 擁有

34. (**C**)　從本文，我們可以知道早期的漢堡沒有 _____。

(A) 麵包　　　　　　　(B) 牛肉
(C) 火腿　　　　　　　(D) 小圓麵包

* passage〔'pæsɪdʒ〕n.（文章等的）一節；一段
  times〔taɪmz〕n. pl.（特定的）時期
  ham〔hæm〕n. 火腿

35. (**D**)　下列敘述何者正確？

(A) 漢堡是美國一個城市的名字。
(B) 德國人知道美國人喜歡牛肉。
(C) 並沒有很多人喜歡在速食店點漢堡。
(D) 這些德國人並不清楚了解美國人所問的問題的意思。

* clearly〔'klɪrlɪ〕adv. 清楚地

初級英檢模擬試題⑦詳解

閱讀能力測驗

第一部份：詞彙和結構

1. (**C**) The drunk driver is <u>responsible</u> for the serious accident.
這位酒醉的駕駛人應該為這場嚴重的車禍<u>負責</u>。

　　(A) fluent 〔'fluənt 〕 *adj.* 流利的 < *in* >
　　(B) jealous 〔'dʒɛləs 〕 *adj.* 嫉妒的 < *of* >
　　(C) ***responsible*** 〔 rɪ'spɑnsəbḷ 〕 *adj.* 應負責任的 < *for* >
　　(D) greedy 〔'gridɪ 〕 *adj.* 貪心的
　　* drunk 〔 drʌŋk 〕 *adj.* 喝醉酒的
　　　driver 〔'draɪvɚ 〕 *n.* 駕駛人
　　　serious 〔'sɪrɪəs 〕 *adj.* 嚴重的
　　　accident 〔'æksədənt 〕 *n.* 車禍

2. (**B**) The weather was so hot that the paper fan was not very
<u>effective</u>. 天氣這麼熱，所以紙扇沒什麼<u>作用</u>。

　　(A) changeable 〔'tʃendʒəbḷ 〕 *adj.* 善變的
　　(B) ***effective*** 〔 ɪ'fɛktɪv 〕 *adj.* 有效的；起作用的
　　(C) formal 〔'fɔrmḷ 〕 *adj.* 正式的 (↔ *informal*)
　　(D) funny 〔'fʌnɪ 〕 *adj.* 好笑的；有趣的
　　* weather 〔'wɛðɚ 〕 *n.* 天氣
　　　so…that ~ 如此…以致於 ~
　　　fan 〔 fæn 〕 *n.* 扇子　　***paper fan*** 紙扇

3. (**A**) Nancy hates all <u>bugs</u>, especially roaches.
南西討厭所有的<u>小蟲子</u>，特別是蟑螂。

　　(A) ***bug*** 〔 bʌg 〕 *n.* 小蟲子
　　(B) bag 〔 bæg 〕 *n.* 袋子

(C) belt〔bɛlt〕*n.* 皮帶

(D) burger〔'bɝgɚ〕*n.* 漢堡

* hate〔het〕*v.* 討厭
  especially〔ə'spɛʃəlɪ〕*adv.* 特別是
  roach〔rotʃ〕*n.* 蟑螂（= cockroach〔'kɑkˏrotʃ〕）

4.(**D**) Cathy hid the candy in her right hand. Then she held
out both hands and asked her brother to <u>guess</u> where the
candy was. 凱西把糖果藏在她的右手。然後她把雙手伸出
來，要她哥哥<u>猜</u>糖果在哪裡。

(A) raise〔rez〕*v.* 舉起

(B) clap〔klæp〕*v.* 拍手

(C) shake〔ʃek〕*v.* 搖動

(D) ***guess***〔gɛs〕*v.* 猜測

* hide〔haɪd〕*v.* 隱藏【三態變化爲：hide-hid-hidden】
  candy〔'kændɪ〕*n.* 糖果　　　right〔raɪt〕*adj.* 右邊的
  hold out 伸出

5.(**A**) Today is my birthday, so my good friend will <u>treat</u> me
to a movie.
今天是我的生日，所以我的好朋友要<u>請</u>我去看電影。

(A) ***treat***〔trit〕*v.* 請（客）　　***treat*** sb. ***to*** ~ 請某人~

(B) examine〔ɪg'zæmɪn〕*v.* 檢查

(C) reply〔rɪ'plaɪ〕*v.* 回答

(D) collect〔kə'lɛkt〕*v.* 收集

6.(**B**) Little Wendy cried loudly after bumping <u>into</u> the table.
小溫蒂在撞<u>到</u>桌子後，哭得很大聲。

bump into sth. 撞到某物

* loudly〔'laʊdlɪ〕*adv.* 大聲地

7. (**B**) Carl worked at the bookstore last month, but he doesn't work there <u>anymore</u>. 卡爾上個月在這家書店工作,但是他現在已經不在那裡工作了。

> ***not…anymore*** 不再…
>
> 而 (A) again〔ə'gɛn〕*adv.* 再一次,(C) anyway〔'ɛnɪ,we〕*adv.* 無論如何,(D) anywhere〔'ɛnɪ,hwɛr〕*adv.* 任何地方,皆不合句意。
>
> * bookstore〔'buk,stor〕*n.* 書店

8. (**C**) <u>Can</u> you go to the baseball game next Friday evening? 你下個星期五晚上<u>可以</u>去看棒球比賽嗎?

> 從 go 得知,空格須填助動詞 ***Can***。而 (A) have 用於完成式「have + p.p.」的形式,(B) are 用於未來式「are going to」的形式,(D) did 須搭配表過去的時間副詞,故用法皆不合。

9. (**D**) My parents do the housework during the week, but I help <u>them</u> on the weekend.
我父母平日做家事,但我在週末的時候會幫<u>他們</u>。

> 空格填代替 my parents 的代名詞,用 ***them***,選 (D)。
>
> * housework〔'haus,wɝk〕*n.* 家事
>   during〔'djurɪŋ〕*prep.* 在…期間
>   week〔wik〕*n.* 平日;工作日
>   weekend〔'wik'ɛnd〕*n.* 週末

10. (**A**) We hurried into the building because it <u>was</u> raining harder and harder.
我們匆忙進入這棟建築物,因為外面的雨愈下愈大了。

> 依句意,為過去進行式,即「was/were + V-ing」的形式,it 為單數主詞,故選 (A) ***was***。

> * hurry〔'hɝɪ〕v. 趕緊;匆忙
> building〔'bɪldɪŋ〕n. 建築物
> hard〔hard〕adv. 猛烈地

11. (**B**) I'm sorry. I <u>can't</u> go to your birthday party next Wednesday.
    對不起,我下星期三<u>無法</u>參加你的生日派對。

    > 從 I'm sorry. 可知,說話者無法參加,故選 (B) *can't*。
    > 而 (A) 可以,(C) 應該,(D) 不應該,均不合句意。

12. (**C**) Most of the young girls <u>who</u> live in Taipei like to go shopping at the big department stores on holidays.
    大部分住在台北的年輕女孩,假日時喜歡去大型百貨公司購物。

    > 先行詞 young girls 為人,故關係代名詞用 *who*。
    >
    > * *go shopping* 去購物　　*department store* 百貨公司
    > holiday〔'halə,de〕n. 假日

13. (**C**) Andy : Wow! There are so many dolls in this shop!
    Patty : Yes, I like those red <u>ones</u>. How about you?
    安迪:哇!這家店裡面有好多洋娃娃!
    佩蒂:是啊,我喜歡那些紅色的<u>洋娃娃</u>。那你呢?

    > *ones* 代替先前提到的名詞 dolls。
    >
    > * doll〔dal〕n. 洋娃娃　　shop〔ʃap〕n. 商店
    > *How about you?* 那你呢?(= *What about you?*)

14. (**B**) Our team lost the game. We played <u>badly</u> this time.
    我們這一隊輸了這場比賽。我們這一次打得很<u>糟</u>。

    > 空格須填副詞,修飾動詞 played,故形容詞 (A) bad
    > 「不好的」,(C) poor「差勁的」皆不合,而 (D) worst

為 badly 的最高級，在此用法不合，故選 (B) **badly**
「糟糕地」。

* team〔tim〕*n.* 隊伍　　lose〔luz〕*v.* 輸掉（比賽）

15. (**C**)　The first question is <u>easier</u> than the second question.
第一個問題比第二個問題簡單。

由連接詞 than 可知，空格應填一比較級，easy 的比較級
是 **easier**，故選 (C)。

第二部份：段落填空

Questions 16-20

A doctor and an art teacher loved the same pretty woman

<u>who lived</u> in their apartment building.　One spring vacation, the
16

teacher <u>was asked</u> to take his students to the country.　The night
17

before he left, he gave the girl a <u>box</u> and told her, "I'll be away
18

for a week.　I have a present for you.　Open it after I <u>leave</u>."
19

When the girl opened it, she found seven apples and this <u>note</u>:
20

"An apple a day keeps the doctor away."

有一個醫生與一個美術老師，同時愛上一個跟他們住在同一幢公寓
的美麗女子。有一年春假，這位教師被要求必須帶學生去鄉下。在他要
離開的前一晚，他給了這女孩一個盒子，然後對她說：「我要離開一個
星期。我要給妳一個禮物。在我出門之後再打開。」當這女孩打開的時
候，她發現有七顆蘋果跟這張紙條：「每天一顆蘋果，能讓妳不用看醫
生。」

art〔ɑrt〕n. 美術　　same〔sem〕adj. 同一個
pretty〔'prɪtɪ〕adj. 漂亮的
apartment〔ə'pɑrtmənt〕n. 公寓　　*spring vacation* 春假
country〔'kʌntrɪ〕n. 鄉下　　away〔ə'we〕adv. 離開
present〔'prɛznt〕n. 禮物　　*keep ~ away* 使 ~ 遠離

16. (**B**)　先行詞 pretty woman 是人，故關係代名詞用 who 或 that，
而形容詞子句中的動詞依句意為過去式，選 (B) *who lived*。

$$\left\{\begin{array}{l} \cdots\text{the same pretty woman } \textit{who lived} \text{ in}\cdots \\ = \cdots\text{the same pretty woman } \textit{living} \text{ in}\cdots \end{array}\right.$$

17. (**D**)　*ask sb. + to V.* 要求某人做 ~
這裡用被動語態，即「be 動詞 + p.p.」的形式，故選 (D)
was asked。

18. (**D**)　依句意，這位女孩收到七個蘋果的禮物，應該是用「箱子」
裝的，故選 (D) *box*。而 (A) toy「玩具」，(B) apple「蘋
果」，(C) envelope〔'ɛnvə,lop〕n. 信封，均不合句意。

19. (**A**)　依句意，這是「表未來」的狀況，在 after 引導的副詞子句
中，要用現在式代替未來式，故選 (A) *leave*。

20. (**D**)　依句意，選 (D) *note*〔not〕n. 字條。
而 (A) 水果，(B) 答案，(C) 例子，均不合句意。

Questions 21-25

I bought my son a dog called Lassie last year. Dogs are
children's friends. Mike had had no friends at <u>all</u> before Lassie
　　　　　　　　　　　　　　　　　　　　　　　21
<u>came</u>. Now, he enjoys <u>playing</u> with her every day. "Lassie is
22　　　　　　　　23
cute and she is my best friend!" Mike is a happy boy now.

　　我去年買給我兒子一隻名叫萊西的狗。狗是小孩子的朋友。在萊希出現之前，麥克完全沒有朋友。現在他每天都很喜歡跟牠玩。「萊西很可愛，牠是我最好的朋友！」麥克現在是個快樂的小男孩。

　　　　call〔kɔl〕*v.* 稱作　　cute〔kjut〕*adj.* 可愛的

Mike can learn how to be kind to others. We <u>taught</u> him
　　　　　　　　　　　　　　　　　　　　　　　24
how to get along with Lassie. He is now more polite to animals,
and to other people!

　　麥克可以學會要如何體貼別人。我們教他要如何跟萊西相處。他現在對動物更好，對人也更有禮貌！

　　　　kind〔kaɪnd〕*adj.* 親切的　　***get along with*** 與～相處
　　　　polite〔pə'laɪt〕*adj.* 有禮貌的　　animal〔'ænəml〕*n.* 動物

Children love dogs and dogs love children. So why not put
them together and let them <u>have</u> a good time?
　　　　　　　　　　　　　　　25

　　小孩喜歡狗，狗也喜歡小孩。所以為何不讓他們在一起，好好的玩呢？

21. (**B**) ***at all*** 一點也不（用於否定句）

22. (**B**) 從過去完成式 had had 可知，空格動詞須用「過去式」，
　　　　故選 (B) ***came***。

23. (**A**) ***enjoy*** + ***V-ing*** 喜歡～

24. (**A**) 依句意，我們「教」他如何與別人相處，選 (A) ***taught***。

25. (**D**) 「***let*** + 受詞 + 原形 ***V.***」表「讓～…」。
　　　　have a good time 玩得愉快

第三部份：閱讀理解

Questions 26-28

根據這張火車時刻表回答問題。

火 車 時 刻 表

車站　　　　　出發 火車車號	1001	1003	1009	1015
台北	06:06	07:00	08:40	13:05
台中	09:08	09:16	10:40	15:05
彰化	09:36	09:43	—	—
嘉義	10:46	10:27	11:43	—
台南	11:50	11:08	12:22	16:43
高雄	12:45	11:39	12:52	17:14

according to 根據　　　schedule〔'skɛdʒul〕*n.* 時刻表
departure〔dɪ'partʃɚ〕*n.* 出發

26. (**D**) 從台北到高雄，哪一班火車最快？

　　(A) 1001 號班次。
　　(B) 1003 號班次。
　　(C) 1009 號班次。
　　(D) <u>1015 號班次。</u>

27. (**C**)　凱倫住在台北。她想去彰化探望她的祖父母。她不應該搭乘哪些火車？

    (A) 1001 號和 1003 號班次。

    (B) 1003 號和 1009 號班次。

    (C) <u>1009 號和 1015 號班次。</u>

    (D) 1003 號和 1015 號班次。

    * "—" 表示該班火車沒有停靠此站。

28. (**A**)　哪些火車停靠最多站？

    (A) <u>1001 號和 1003 號班次。</u>

    (B) 1003 號和 1009 號班次。

    (C) 1009 號和 1015 號班次。

    (D) 1003 號和 1015 號班次。

    * *make a stop* （火車）停靠（車站）

Questions 29-30

李安迪
現場演唱會

日　　期：二〇一七年十二月二十日

時　　間：晚間八點到九點半

地　　點：台北市台大體育館

票　　價：新台幣五百元、九百元、一千兩百元

洽詢專線：0800-088-812

live〔laɪv〕*adj.* 現場的　　concert〔'kansɝt〕*n.* 演唱會
location〔lo'keʃən〕*n.* 地點　　sports〔sports〕*adj.* 運動的
center〔'sɛntɚ〕*n.* 中心　　price〔praɪs〕*n.* 價格
hotline〔'hat‚laɪn〕*n.* 熱線；洽詢專線

29. (**D**) 如果我們對演唱會有任何疑問的話，可以怎麼辦？

(A) 寄信。　　　　　　　(B) 寄電子郵件。

(C) 傳真。　　　　　　　(D) 打電話。

* send〔sɛnd〕*v.* 寄；傳　　letter〔'lɛtɚ〕*n.* 信
e-mail〔'i‚mel〕*n.* 電子郵件　　fax〔fæks〕*n.* 傳真
make a phone call 打電話

30. (**D**) 下列何者正確？

(A) 李安迪將在台北舉行兩場演唱會。

(B) 有四種不同的票。

(C) 這場演唱會將持續兩個小時。

(D) 這場演唱會將在十二月舉行。

* following〔'faləwɪŋ〕*adj.* 下列的
true〔tru〕*adj.* 真實的；正確的
kind〔kaɪnd〕*n.* 種類
last〔læst〕*v.* 持續　　hold〔hold〕*v.* 舉行

Questions 31-33

Mr. Lee is a farmer. He works on his farm every day. It is very hot on the farm. So when he takes a rest, he usually sits under a tree because it is cooler there.

李先生是個農夫。他每天都在田裡工作。田裡非常的熱。所以當他休息的時候，他通常會坐在樹下，因為那兒比較涼爽。

farmer〔'farmɚ〕*n.* 農夫　　farm〔farm〕*n.* 農田
take a rest 休息　　cool〔kul〕*adj.* 涼爽的

A few days ago, Mr. Lee saw a rabbit. The rabbit was running very fast. Then it hit a tree and died. Mr. Lee was very happy because he had a rabbit. He thought, "Soon I'll have a lot more rabbits. I'll sell them in the market. Soon I'll have a lot of money. I'll never have to work hard in the field anymore." He decided to sit under the tree to wait for more rabbits.

幾天前，李先生看到一隻兔子。那隻兔子跑得很快，然後牠撞到樹，之後就死了。李先生非常高興，因為他抓到了一隻兔子。他想：「我很快就會有很多兔子，到時候我可以拿去市場賣。沒多久我就發財了。我就永遠不用辛苦種田了。」他決定要坐在樹下等待更多的兔子。

> rabbit〔'ræbɪt〕*n.* 兔子　　hit〔hɪt〕*v.* 撞到【三態同形】
> die〔daɪ〕*v.* 死亡　　market〔'mɑrkɪt〕*n.* 市場
> hard〔hɑrd〕*adv.* 努力地；辛苦地　　field〔fild〕*n.* 田野
> decide〔dɪ'saɪd〕*v.* 決定　　***wait for*** 等待

He has sat under the tree for more than one week, but no rabbits have hit the tree. He doesn't know that the same thing will not happen if he just sits and waits.

他坐在樹下超過一個禮拜了，但卻沒有半隻兔子撞到樹。他並不知道，如果他只是坐著等的話，同樣的事是不會再發生的。

31. (**C**) 農夫為什麼想要兔子？
    (A) 他想要自己一個人把牠們吃掉。
    (B) 他想要跟家人一起把牠們吃掉。
    (C) 他想要把牠們賣掉賺錢。
    (D) 他想要把牠們送給朋友。

> * ***What~for?*** 為什麼～？（= *Why~?*）
> ***all by*** *oneself* 獨自　　family〔'fæməlɪ〕*n.* 家人

32. (**C**) 這隻兔子是怎麼死的？

(A) 牠被這名農夫殺死。　　　(B) 牠被一位獵人殺死。

(C) <u>牠跑太快，所以撞到樹之後，就死掉了。</u>

(D) 天氣太炎熱，所以牠就死掉了。

* kill〔kɪl〕v. 殺死　　hunter〔'hʌntɚ〕n. 獵人
so…that~ 如此…以致於~

33. (**D**) 這個故事的啟示為何？

(A) 兔子很愚蠢。

(B) 人如果夠幸運，就不需要辛苦工作。

(C) 兔子的運氣不好。　　　(D) <u>懶惰的人很愚蠢。</u>

* lesson〔'lɛsn̩〕n. 教訓；啟示　　story〔'storɪ〕n. 故事
stupid〔'stjupɪd〕adj. 愚蠢的　　lucky〔'lʌkɪ〕adj. 幸運的
lazy〔'lezɪ〕adj. 懶惰的

Questions 34-35

August 16, 2002

Dear Ms. Huang,

　I'm writing this letter to you because my son, Frank Wu, who is in your class, cannot go to school today.

　This morning, when he woke up, he did not feel very well. We went to see a doctor and he was given some medicine. The doctor said that he had to stay at home for one or two days. My wife and I will let him go back to school when he feels better.

　Thank you very much.

Yours truly,
Tony Wu

二○○二年八月十六日

親愛的黃老師：

　　我會寫這封信給妳，是因為我兒子法蘭克吳，他是你班上的學生，今天沒辦法上學。

　　他今天早上起床的時候，就覺得不太舒服。我帶他去看醫生，拿了一些藥。醫生說他必須在家休息一兩天。等他覺得好一點之後，我跟我太太會讓他回到學校的。

　　非常感謝妳。

吳東尼　敬上

Ms.〔mɪz〕*n.* 女士　　　***wake up*** 醒來
well〔wɛl〕*adj.* 身體健康的　　medicine〔'mɛdəsn̩〕*n.* 藥
stay〔ste〕*v.* 停留；留下　　***go back to*** 回到
yours truly 敬上（用於書信結尾）

34. (**B**) 為什麼法蘭克不能上學？
    (A) 他媽媽生病了。　　(B) 他生病了。
    (C) 他很晚才起床。　　(D) 他很懶惰。
    * late〔let〕*adv.* 晚

35. (**B**) 誰是黃女士？
    (A) 法蘭克的醫生。　　(B) 法蘭克的老師。
    (C) 法蘭克的媽媽。　　(D) 吳東尼的老師。

初級英檢模擬試題⑧詳解

閱讀能力測驗

第一部份：詞彙和結構

1. (**B**) Remember to close both the doors and the <u>windows</u> before you leave the classroom.

你離開教室之前，記得要關上門<u>窗</u>。

  (A) light〔laɪt〕*n.* 燈

  (B) ***window***〔'wɪndo〕*n.* 窗

  (C) computer〔kəm'pjutɚ〕*n.* 電腦

  (D) fan〔fæn〕*n.* 電扇

  * (A) (C) (D) 皆為電器，「關掉」電器，須用 turn off，在此用法不合。

  remember〔rɪ'mɛmbɚ〕*v.* 記得

  close〔kloz〕*v.* 關上

2. (**A**) When Mr. Lin is not home, there are usually several messages on the answering <u>machine</u>.

當林先生不在家的時候，電話答錄<u>機</u>上通常會有好幾個留言。

  (A) ***machine***〔mə'ʃin〕*n.* 機器

  answering machine 電話答錄機

  (B) telephone〔'tɛlə,fon〕*n.* 電話

  (C) door〔dor〕*n.* 門   (D) card〔kɑrd〕*n.* 卡片

  * several〔'sɛvərəl〕*adj.* 好幾個

  message〔'mɛsɪdʒ〕*n.* 留言；訊息

3. (**A**) After taking a bath, dry your body with a clean <u>towel</u>.

你洗完澡後，要用乾淨的<u>毛巾</u>擦乾身體。

(A) **towel**〔ˈtaʊəl〕 n. 毛巾

(B) tissue〔ˈtɪʃʊ〕 n. 衛生紙；面紙

(C) toothbrush〔ˈtuθˌbrʌʃ〕 n. 牙刷

(D) toothpaste〔ˈtuθˌpest〕 n. 牙膏

 * bath〔bæθ〕 n. 洗澡　　　 dry〔draɪ〕 v. 擦乾

 　clean〔klin〕 adj. 乾淨的

4. (**C**) If you think the bus is going too fast, you may tell the
driver to slow down.

如果你認為公車開太快，你可以告訴司機開慢一點。

(A) teacher〔ˈtitʃɚ〕 n. 老師

(B) singer〔ˈsɪŋɚ〕 n. 歌手

(C) **driver**〔ˈdraɪvɚ〕 n. 司機

(D) clerk〔klɝk〕 n. 店員

 * go〔go〕 v. 行進　　 **slow down** 慢下來；減速

5. (**D**) Sending e-mail is faster than writing a letter. More and
more people are using it to write to their friends.

寄電子郵件比寫信快。有越來越多的人用它來寫信給朋友。

(A) pen〔pɛn〕 n. 筆　　　 (B) finger〔ˈfɪŋgɚ〕 n. 手指

(C) communication〔kəˌmjunəˈkeʃən〕 n. 通訊；溝通

(D) **e-mail**〔ˈiˌmel〕 n. 電子郵件

 * send〔sɛnd〕 v. 寄　　 **write to** sb. 寫信給某人

6. (**D**) Thank goodness the exams are over. We can relax now!

謝天謝地，考試結束了。我們現在可以輕鬆一下了！

 sth. + **be** 動詞 + **over** 某事結束

 * **thank goodness** 謝天謝地（ = *thank God*）

 　exam〔ɪgˈzæm〕 n. 考試　　 relax〔rɪˈlæks〕 v. 放輕鬆

7. (**B**) Be patient with your brother.　<u>After all</u>, he is only three
years old.　對你弟弟有耐心一點。<u>畢竟</u>，他只有三歲大。

    (A) at last　最後；終於

    (B) ***after all***　畢竟

    (C) at first　起初

    (D) all the time　一直

    * patient〔'peʃənt〕*adj.* 有耐心的

8. (**B**) The doctor told me <u>to take</u> the medicine three times a
day.　醫生告訴我，要一天<u>吃</u>三次藥。

    tell + *sb.* + ***to V.***　告訴某人做～　　take〔tek〕*v.* 吃藥

    * medicine〔'mɛdəsṇ〕*n.* 藥　　time〔taɪm〕*n.* 次數

9. (**A**) <u>Have</u> May and Edward told you the good news that we
won the basketball game?

    梅和愛德華<u>有沒有</u>告訴你，我們贏得籃球比賽的好消息？

    從 May and Edward 及 told 得知，空格應填助動詞
Have。而 (B) Has 用於單數主詞，(C) Did 及 (D) Do
後面須接原形動詞，故用法皆不合。

    * news〔njuz〕*n.* 消息　　win〔wɪn〕*v.* 贏

10. (**C**) <u>Turn on</u> the radio and listen to the "English Garden"
program.　<u>打開</u>收音機，並且收聽「英文花園」節目。

    and 爲對等連接詞，其後爲原形動詞 listen，故空格亦須
填原形動詞，形成祈使句，故選 (C) ***Turn on***「打開」。

    * radio〔'redɪ,o〕*n.* 收音機　　***listen to***　收聽

    garden〔'gɑrdṇ〕*n.* 花園

    program〔'progræm〕*n.* 節目

11. (**A**) Did you notice Mother <u>wear</u> a new dress?

你有沒有注意到，媽媽<u>穿</u>新洋裝？

notice「注意到」的用法是：

notice + *sb.* + 原形 *V.* 注意到某人~

* dress〔drɛs〕*n.* 洋裝

12. (**B**) Mr. Wu makes much money <u>by</u> writing storybooks.

吳先生<u>靠</u>寫故事書，賺很多錢。

表「藉由~（方法）」，介系詞用 ***by***。

* ***make money*** 賺錢
storybook〔'storɪ,buk〕*n.* 故事書

13. (**A**) Paul often practices <u>speaking</u> English with the CD.

保羅經常利用 CD，來練習<u>說</u>英文。

practice + ***V-ing*** 練習~

14. (**C**) George slipped on the floor, but he didn't hurt <u>himself</u>.

喬治在地板上滑倒，但是他並沒有<u>受傷</u>。

hurt *oneself* 受傷

* slip〔slɪp〕*v.* 滑倒   floor〔flor〕*n.* 地板

15. (**A**) Tom hates studying history. He has no interest in learning foreign languages <u>either</u>.

湯姆討厭研讀歷史。他對學習外語<u>也</u>沒興趣。

肯定句的「也」，用 too，否定句的「也」，須用 ***either***。

* hate〔het〕*v.* 討厭
interest〔'ɪntrɪst〕*n.* 興趣 < *in* >
foreign〔'fɔrɪn〕*adj.* 外國的
language〔'læŋgwɪdʒ〕*n.* 語言

第二部份：段落填空

Questions 16-20

Many junior high students have started to look <u>for</u> their ideal
　　　　　　　　　　　　　　　　　　　　　　　16
boyfriends or girlfriends. Our teacher said it was not the right

time. She asked us to think about <u>why</u> we come to school.
　　　　　　　　　　　　　　　　　17
"Studying is your most important job here," she said. "Also, you

may be too young <u>to solve</u> some problems."
　　　　　　　　　　18

　　很多國中生已經開始找尋他們心目中理想的異性朋友了。我們老師
卻說，現在還不是時候。她要求我們想想，我們爲何要上學。「唸書是
你們在這裡最重要的事，」她說。「而且你們的年紀還小，沒辦法解決
一些問題。」

　　　　　ideal〔aɪˋdiəl〕*adj.* 理想的　　　right〔raɪt〕*adj.* 適當的

Then I asked my <u>seventeen-year-old</u> brother, David, about
　　　　　　　　　　　　　　　19
this. He said, "Three years ago, I fell in love with a girl. I spent

most of my time <u>going</u> out with her. My grades became worse,
　　　　　　　　　20
but my girlfriend still did well in her studies. So, it depends, I

think."

　　然後，我就問我十七歲的哥哥大衛這個問題。他說：「三年前，我
和一個女孩子談戀愛。我花大部分的時間跟她出去。我的成績退步了，
但是我的女朋友功課還是一樣很好。所以我覺得這要看情形而定。」

　　　fall in love with *sb.* 與某人談戀愛
　　　worse〔wɝs〕*adj.* 較差的【bad 的比較級】

do well 表現好　　studies〔'stʌdɪz〕*n. pl.* 學業
depend〔dɪ'pɛnd〕*v.* 視…而定
It depends. 要看情況而定。

16. (**A**)　依句意，選 (A) ***look for***「尋找」。
而 (B) look into「調查」，(C) look out「小心」，
(D) look in「往…裡面看」，均不合句意。

17. (**C**)　依句意，老師要我們想想看我們「為什麼」要上學，故用
疑問詞 ***why***，選 (C)。

18. (**B**)　***too…to V.*** 太…以致於不~
solve〔salv〕*v.* 解決

19. (**D**)　表示「…歲的」的複合形容詞中，單位名詞須用單數。
$\begin{cases} \text{my seventeen-year-old brother} \\ = \text{my brother who is seventeen } \textbf{\textit{years}} \text{ old} \end{cases}$

20. (**B**)　人 + ***spend*** + 時間 + ***V-ing*** （人）花時間做~
go out 出去

Questions 21-25

Dear Steve,

　　I was pleased to get your letter.　It reminds

me of the happy days we <u>spent</u> together.　As you
　　　　　　　　　　　　　21

know, I love nature.　Last week, I <u>took a trip</u> with
　　　　　　　　　　　　　　　　　22

my family to Yangmingshan National Park.　I saw

many flowers there. The air <u>was full of</u> the singing
23

of birds and the wonderful smell of flowers. Along

with this letter is a photo <u>taken</u> in front of a
24

beautiful scenic spot. I'm sure <u>that</u> you'll agree it
25

is very beautiful.

  Remember me to your family.

With love,
Linda

親愛的史帝夫：

  我很高興收到你的信。這讓我想到我們以前一起渡過的快樂時光。你知道我熱愛大自然。上星期我跟家人去陽明山國家公園。在那裡我看到很多花。空氣中充滿了鳥語花香。隨信附上一張在美麗景點前拍攝的照片。我想你一定也會同意這裡風景很美。

  代我向你的家人問好。

愛你的
琳達

---

pleased〔plizd〕*adj.* 高興的
remind〔rɪˋmaɪnd〕*v.* 提醒；使想起 <*of*>

nature〔'netʃɚ〕 *n.* 大自然　　***national park*** 國家公園

air〔ɛr〕*n.* 空氣　　singing〔'sɪŋɪŋ〕*n.*（鳥的）鳴叫

smell〔smɛl〕*n.* 味道

along with 連同（= *together with*）

photo〔'foto〕*n.* 照片　　***in front of*** 在…前面

scenic〔'sinɪk〕*adj.* 風景優美的

spot〔spɑt〕*n.* 地點　　sure〔ʃur〕*adj.* 確定的

agree〔ə'gri〕*v.* 同意

remember *sb.* ***to***～　代某人向～問候

21. (**A**) 依句意，我們一起「渡過」的快樂時光，「花費時間」用
spend 表示，故選 (A) ***spent***。而 (B) take「花費時間」，
主詞須用人或事物，(C) cost「（東西）值～錢」，
(D) start「開始」，用法及句意均不合。

22. (**B**) ***take a trip*** 去旅行（= *make a trip* = *go on a trip*）

23. (**B**) ***be full of*** 充滿（= *be filled with*）
又 air 為不可數名詞，故用單數動詞，選 (B) ***was full of***。

24. (**C**) 依句意，附上一張在美麗景點前「被拍攝」的照片，
故選 (C) ***taken***。

$$\left\{\begin{array}{l} \cdots is\ a\ photo\ \boldsymbol{taken}\ in\ front\ of\cdots \\ = \cdots is\ a\ photo\ \boldsymbol{which\ was\ taken}\ in\ front\ of\cdots \end{array}\right.$$

25. (**D**) $\left\{\begin{array}{l} \boldsymbol{be\ sure\ of} + N.\ 確信 \\ \boldsymbol{be\ sure\ that} + 子句 \end{array}\right.$

空格後接的是主詞和動詞 you'll agree，因此是子句的
形式，故選 (D) ***that***。

第三部份：閱讀理解

Questions 26-27

阿囉哈海灘

一個享受陽光的絕佳地點！

規定：

1. 禁止划船。

2. 禁止釣魚。

3. 禁止升火。

4. 開放游泳時間：上午八點至晚上八點

5. 開放排球時間：下午兩點至五點

beach〔bitʃ〕n. 海灘　　great〔gret〕adj. 很棒的
sunshine〔'sʌn,ʃaɪn〕n. 陽光　　rule〔rul〕n. 規則
boat〔bot〕v. 划船　　fish〔fɪʃ〕v. 釣魚
fire〔faɪr〕n. 火　　hours〔aʊrz〕n. pl. 時間
volleyball〔'vɑlɪ,bɔl〕n. 排球

26. (**C**)　在阿囉哈海灘，你可以做什麼？

(A) 去划船。　　　　　　　(B) 生火烤肉。

(C) 戲水。　　　　　　　　(D) 釣魚。

* ***start a fire*** 生火 (= *make a fire*)
　play with ~　玩~
　barbecue〔'bɑrbɪ,kju〕n. 烤肉

27. (**B**) 如果你在晚上六點到阿囉哈海灘，你可以游泳和打排球嗎？

    (A) 兩者都不可以。

    (B) 你可以游泳，但是不能打排球。

    (C) 你可以打排球，但是不能游泳。

    (D) 我們無法得知。

    * either〔ˈiðɚ〕*pron.* （兩者的）任一都不

Questions 28-29

速食快車

食品	價錢（新台幣）	飲料	價錢（新台幣）
熱狗	30	冰檸檬茶	25
起士漢堡	25	可樂/雪碧/芬達	20
牛肉三明治	40	熱咖啡	25
薯條	35	礦泉水	15
雞腿	40		
水果沙拉	50		

fast food 速食　　express〔ɪkˈsprɛs〕*n.* 快車
price〔praɪs〕*n.* 價格　　drink〔drɪŋk〕*n.* 飲料
hot dog 熱狗　　cheeseburger〔ˈtʃizˌbɝgɚ〕*n.* 起士漢堡
beef〔bif〕*n.* 牛肉　　sandwich〔ˈsændwɪtʃ〕*n.* 三明治
drumstick〔ˈdrʌmˌstɪk〕*n.* 雞腿　　salad〔ˈsæləd〕*n.* 沙拉
iced〔aɪst〕*adj.* 冰的　　lemon〔ˈlɛmən〕*n.* 檸檬
mineral〔ˈmɪnərəl〕*adj.* 礦物的　　*mineral water* 礦泉水

28. (**D**) 哪一種食物跟飲料加起來最貴？

    (A) 薯條和可樂。【35 + 20 = 55（元）】

    (B) 牛肉三明治和雪碧。【40 + 20 = 60（元）】

    (C) 起士漢堡和冰檸檬茶。【25 + 25 = 50（元）】

    (D) <u>水果沙拉和礦泉水。</u>【50 + 15 = 65（元）】

29. (**D**) 海倫不吃肉。她能買什麼？

    (A) 熱狗。   (B) 雞腿。

    (C) 牛肉三明治。   (D) <u>水果沙拉。</u>

    * meat〔mit〕*n.* 肉

Questions 30-31

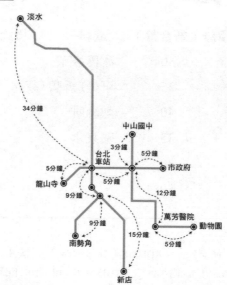

30. (**A**) 楊氏一家人要去台北市立動物園看無尾熊及企鵝。他們要從市政府站搭捷運。到台北市立動物園要花多久時間？

    (A) <u>至少二十二分鐘。</u>   (B) 至少十七分鐘。

    (C) 至少十二分鐘。   (D) 至少十分鐘。

* koala〔koˈɑlə〕n. 無尾熊

penguin〔ˈpɛngwɪn〕n. 企鵝　　**at least** 至少

市政府站 → 忠孝復興站 → 動物園站：5 + 12 + 5 = 22（分鐘）

31. (**B**)　海倫想和家人去淡水。到達那裡要花他們大約三十九分鐘的時間。他們現在人在哪裡？

(A) 中山國中站。【中山國中站 → 忠孝復興站 → 台北火車站 → 淡水站：3 + 5 + 34 = 41（分鐘），不合。】

(B) 龍山寺站。【龍山寺站 → 台北火車站 → 淡水站：5 + 34 = 39（分鐘）】

(C) 市政府站。【市政府站 → 忠孝復興站 → 台北火車站 → 淡水站：5 + 5 + 34 = 44（分鐘），不合。】

(D) 台北火車站。【台北火車站 → 淡水站：34（分鐘），不合。】

Questions 32-34

Take a walk through some woods where trees have just been cut down, and look at the stumps（殘株）of these trees. You will see many little rings in the center, then larger ones, and still larger ones. Count these rings. Trees grow a ring each year. So if a tree has twenty rings, it is twenty years old. Next time you see the stump of a tree that has just been cut down, try to tell how old the tree was.

在有樹剛被砍伐的森林中散步，看看這些樹的殘株。你會看到中央有許多小小的圓圈，然後會有較大圈的，再來就是更大圈的。數一數這些年輪。每年樹的年輪都會增加一圈。所以如果一棵樹有二十圈年輪，那它就有二十歲了。下次你看到剛被砍下的樹的殘株的時候，試著判斷這棵樹的樹齡。

take a walk 去散步　　through〔θru〕*prep.* 通過；穿過
woods〔wʊdz〕*n. pl.* 森林　　just〔dʒʌst〕*adv.* 剛剛
cut down 砍伐　　stump〔stʌmp〕*n.* 樹被砍倒後留下的殘株
ring〔rɪŋ〕*n.* 圓圈；（樹木的）年輪
center〔'sɛntɚ〕*n.* 中央　　still〔stɪl〕*adv.* 還要大
count〔kaʊnt〕*v.* 數　　grow〔gro〕*v.* 生長；長出
next time 下一次　　tell〔tɛl〕*v.* 判斷

32. (**A**)　本文告訴我們如何看出樹的

(A) 年齡。　　　　　　　(B) 大小。

(C) 重量。　　　　　　　(D) 高度。

* reading〔'ridɪŋ〕*n.* 文章　　age〔edʒ〕*n.* 年齡
size〔saɪz〕*n.* 尺寸；大小　　weight〔wet〕*n.* 重量
height〔haɪt〕*n.* 高度

33. (**D**)　樹的年齡是藉由看樹的 ＿＿＿＿＿＿ 得知。

(A) 葉子　　　　　　　　(B) 樹皮

(C) 根　　　　　　　　　(D) 殘株

* learn〔lɝn〕*v.* 知道
leaf〔lif〕*n.* 葉子【leaves 爲複數形】
bark〔bɑrk〕*n.* 樹皮　　root〔rut〕*n.*（植物的）根

34. (**A**)　何者爲眞？

(A) 有七個年輪的樹木已經活了七年。

(B) 一棵二十歲的樹會有二十多個年輪。

(C) 樹的年輪數目是由它吸收了多少水份來決定。

(D) 不同種類的樹會用不同的方式來表現其年齡。

* ***more than*** 超過（= *over*）
number〔'nʌmbɚ〕*n.* 數目　　decide〔dɪ'saɪd〕*v.* 決定
kind〔kaɪnd〕*n.* 種類　　way〔we〕*n.* 方式

Question 35

参觀者須持票
才能進入

visitor〔'vɪzɪtə〕 *n.* 參觀者　　enter〔'ɛntə〕 *v.* 進入
without〔wɪð'aut〕 *prep.* 沒有
ticket〔'tɪkɪt〕 *n.* 門票；入場券；罰單

35. (**A**) 這個告示牌是什麼意思？

(A) 想進入的人必須持有入場券。
(B) 想參觀的人進入售票處。
(C) 想買門票的人進入此門。
(D) 參觀的人可能會收到警察開的違規停車的罰單。

* sign〔saɪn〕 *n.* 告示牌　　mean〔min〕 *v.* 意思是
hold〔hold〕 *v.* 擁有　　visit〔'vɪzɪt〕 *v.* 參觀；遊覽
ticket office 售票處　　*parking ticket* 違規停車的罰單
the police 警方

初級英檢閱讀能力測驗① 教師手冊

主　　　編 / 李冠勳

發　行　所 / 學習出版有限公司　　☎ (02) 2704-5525

郵 撥 帳 號 / 05127272 學習出版社帳戶

登　記　證 / 局版台業 2179 號

印　刷　所 / 文聯彩色印刷有限公司

台 北 門 市 / 台北市許昌街 10 號 2 F　　☎ (02) 2331-4060

台灣總經銷 / 紅螞蟻圖書有限公司　　☎ (02) 2795-3656

本公司網址　www.learnbook.com.tw

電 子 郵 件　learnbook@learnbook.com.tw

售價：新台幣一百五十元正

2017 年 1 月 1 日初版

4713269381914